Meg
La Răscruce De
Drumuri

Meg La Răscruce De Drumuri

Rowena Dawn

Published by Scarlet Leaf Publishing House, 2020.

Rowena Dawn

ROWENA DAWN

Scarlet leaf
2016

MEG LA RĂSCRUCE DE DRUMURI

Această operă este o ficţiune. Numele, personajele, locurile şi întâmplarile din această carte sunt produsul imaginaţiei autorului şi nu trebuie considerate ca fiind reale. Orice asemănare cu evenimente reale, localităţi, organizaţii sau persoane în viaţă sau decedate, reprezintă o coincidenţă.

SCARLET LEAF PUBLISHING HOUSE
TORONTO
ONTARIO
CANADA
COPYRIGHT BY ROWENA DAWN
ISBN: 9781386639084

ROWENA DAWN

MEG LA RĂSCRUCE DE DRUMURI

Dedicație:

Pentru Olesea și Lucia

CAPITOLUL I

Clar, mi-e teamă că mă aflu într-un ciclu fără sfârşit, totul a devenit simplă rutină. Nici nu mă mai mir că uneori simt că mă aflu într-un fel de vid, că am pierdut abilitatea de a comunica cu oamenii, în mod concret. Cândva, eram bună la aşa ceva, chiar foarte bună, comunicarea era punctul meu forte şi m-a ajutat foarte mult în carieră de-a lungul timpului.

Ieri, m-am trezit dimineaţă devreme, ca de obicei, de altfel, m-am dat jos din pat şi am stat şi am ascultat îndelung tăcerea din casă. Singurătatea era apăsătoare. Dacă nu ar fi fost câinele vecinului, care lătra plin de entuziasm în curtea de peste drum – doar el ştia ce găsea atât de interesant de trebuia să urle din toate puterile, aş fi cezut că sunt singura fiinţă în viaţă de pe pământ.

Mi-am băut cafeaua privind strada absent, lăsându-mi mintea să hoinărească fără nici un ţel. Părea mult prea plictisitor să încep să-mi frunzăresc agenda plină de întâlniri, cum făceam în fiecare dimineaţă.

Brusc m-am întrebat când am pierdut acel sentiment de nerăbdare ce mă însoţea la fiecare pas, pe când mă căţăram pe acea scară metaforică care ar fi trebuit sa mă conducă într-unul din acele birouri legendare, pe care nu le împărţeai cu nimeni, de la ultimul etaj al clădirii companiei, şi care aveau vederea la lac.

În această dimineaţă însă, m-am trezit într-o dispoziţie nouă: aveam un sentiment de nelinişte, de aşteptare, vecin cu anxietatea. Era ceva ce nu am mai simţit de foarte multă vreme şi un lucru îmi era clar : ceva urma să se întâmple.

MEG LA RĂSCRUCE DE DRUMURI

Nu știam dacă era ceva de bine sau de rău, pentru că niciodată nu am putut diferenția între aceste trăiri, dar cel puțin de data aceasta știam că ceva nou urma să se întâmple și era suficient. Mă cam săturasem de aceleași zile identice și eram pregătită să încerc ceva nou.

De data aceasta, mi-am băut cafeaua privind strada cu ochi diferiți, ba chiar m-a amuzat micuțul Russel terrier de vis a vis. De obicei, este extrem de enervant: aleargă într-una bezmetic, își vânează propria coadă sau păsărelele de pe gard, aceasta bineînțeles când nu aleargă după fantome pe care doar el le vede, și latră tot timpul pe un ton ascuțit de parcă ar anunța sfârșitul lumii sau de parcă ar face concurență unei alarme de incendiu.

Azi, înă, mi se părea plin de viață, iar plăcerea lui de a trăi m-a cuprins și pe mine. O simțeam trepidând înăuntrul meu, dându-mi energie.

Când am scos mașina din garaj, sentimentul acela viu, care vorbea de noi posibilități, încă mă însoțea.

DIMINEAȚA S-A TÂRÂIT monoton, ca de obicei, chiar părea să nu se mai termine, dar acea presimțire pe care o aveam că ceva se va întâmpla curând m-a ajutat să îmi păstrez buna dispoziție.

Aproape am încurcat-o în timpul ultimei ședințe dinainte de prânz. Eram plictisită până la lacrimi, discutând în ședințe aceleași probleme mereu și mereu, fără a ajunge la nici o concluzie – nici nu știu de ce oare mai ținem întrunirile acestea, poate doar ca să pierdem timpul șă să spunem că lucrăm. M-am trezit visând cu ochii deschişi şi cineva se pare că mi-a adresat o întrebare – aparent una importantă, iar eu nici măcar nu remarcasem aşa că nici nu se mai punea problema să şi răspund. Doar când am simţit ochii tuturor pe mine şi am văzut expresia neplacută de pe chipul şefului meu – acea expresie pe care o are de fiecare dată când cineva o dă în bară şi urmează să suporte consecinţele neplăcute, m-am întors şi eu la realitate şi mi-am adunat gândurile împrăştiate de pe coclauri.

Bineînţeles, şeful m-a chemat în biroul său după aceea pentru a avea o scurtă discuţie cu mine. Cu câţiva ani în urmă, m-aş fi temut de o astfel de întâlnire, mai ales că, acela era tonul pe care îl folosea când urma să spună cuiva că serviciile sale nu mai erau necesare companiei.

Pentru o clipă, plicul roz oferit la concediere mi-a apărut în minte, dar am ridicat din umeri ca şi cum nu mi-ar fi păsat de nimic. Pe moment, chiar nu îmi păsa. Atinsesem probabil punctul acela în care aveam tendinţe distrugătoare.

-Meg, ai fost deja cu noi de mai mulţi ani, îmi spuse el pe un ton egal.

Ce-i puteam răspunde? Am aprobat dând din cap şi am aşteptat continuarea pentru că ştiam că avea ceva de spus, iar când domnul Johnson avea ceva de spus trebuia şi să fie ascultat.

-Cred că ai atins maximum de potenţial aici, Meg.

Mda, plicul roz părea să devină realitate. Aveam senzaţia că îl pot simţi în mână, acea hârtie subţire ce apare din când în când în coşmarurile oamenilor. Am un prieten care a petrecut nopţi întregi fără somn după ce a fost bântuit de astfel de vise. În final, din cauza nopţilor nedormite nu a mai dat randament şi chiar s-a trezit cu acel malefic plic roz în mână.

-Nu spun că nu ai făcut treabă bună aici, spuse el.

MEG LA RĂSCRUCE DE DRUMURI

Bun, e clar, vrea să îmi țină un discurs de adio, așa că m-am decis să-l ascult. Nu era ca și cum aș fi avut altceva mai bun de făcut în acel moment și nu se făcea să mă ridic și să părăsesc încăperea brusc. Eram prea politicoasă pentru a mă comporta astfel.

E adevărat, mai aveam ședințele acelea de după-masă, pentru că treceam din ședință în ședință zilele acestea, și mai era și promisiunea făcută Lornei de a lua prânzul cu ea, dar nu era foc dacă întârziam și eu o dată. Nu cred că ar fi fost prea grav considerând că niciodată nu am întârziat la nici un fel de întâlniri. Oamenii vor trăi și cu asta până la urmă.

-Mă gândeam că ai avea nevoie de ceva mai incitant, ceva care să te motiveze, continuă domnul Johnson.

Acesta era un discurs foarte bun de concediere. Spune-i omului că-l concediezi ca să-i oferi posibilitatea de-a se împlini în altă parte, de a-și atinge adevăratul potențial. Bine gândit, șefu! Ai făcut școală pentru a învăța tactica aceasta de concediere sau ce?

-Știu că ți se pare surprinzător acum...

De fapt nu, nu era surprinzător deloc pentru că probabil oamenii și-au dat seama că eram plictisită de aceeași slujbă care nu îmi mai oferea nici o provocare, care devenise o simplă corvoadă. Dar, mai ales, concedierea, în acel moment, nu reprezenta o problemă cu adevărat, nu așa cum ar fi fost cu câțiva ani în urmă.

Nu mi-am mai luat o vacanță de mulți ani, așa că meritam un pic de timp liber, și aveam destui bani în bancă ca să trăiesc fără o slujă pentru o vreme. Nu trebuia să plătesc chirie pentru că, de fapt, casa îmi fusese lăsată de o mătușă bătrână și aproape necunoscută, iar garderoba mi-era plină cu haine pe care nici măcar nu avusesem ocazia să le port până acum. Dacă stau și mă gândesc bine, nu mănânc prea mult ... deci, nu, nu era o problemă reală, cel puțin pentru un timp. Mai încolo voi vedea eu. Nu trebuia să iau o decizie capitală în acel moment. Aveam suficient timp la dispoziție după aceea.

-Văd că ești cam supărată și îngândurată...

După ce își dădea oare seama? Nu eram supărată defel. Mă simțeam ca și cum eram suspendată într-o bulă de aer. Nici un fel de planuri pentru mâine – ei, de mult timp nu am mai avut o astfel de zi fără nici un plan. În general, totul era planificat la minut și trebuia să respect programul în detaliu, altfel lumea s-ar fi sfârșit.

-Dar crede-mă, este o oportunitate fantastică, continuă el, deși eu nu mai ascultam de mult, iar vorbele lui erau doar zgomot de fundal.

Nu-mi spune mie că e o adevărată oportunitate, boss, pentru că știu asta. Nu aș fi avut prea multe de făcut, e adevărat, dar exista un potențial de schimbare. M-aș fi putut înscrie într-un club de tricotat – nu am reușit niciodată să tricotez și mereu mi-am dorit să trec peste acest handicap. Îmi amintesc de bunica care mereu încerca să mă învețe, dar a ajuns la concluzia că eram o cauză pierdută și a renunțat. Poate că acum era momentul să încerc din nou. Până la urmă, cine știe, aș fi avut și eu sentimentul și satisfacția că am reușit să fac ceva ieșit din comun. Evident, ieșit din comun pentru mine.

-Să fii la conducerea unui nou sediu, chiar dacă este destul de mic precum acesta, poate să fie chiar incitant, să știi.

Oh, ia întoarce-te înapoi, pentru o clipă, șefu, te rog. Cred că am pierdut câteva fraze pe drum și acum discursul lui nu mai făcea sens defel. Cum a ajuns de la a mă concedia la a mă pune la direcția unui nou sediu? Mi-e teamă că ar trebui să merg să mă vadă un doctor. Am oare pierderi de memorie, momente în care mă desprind de realitate complet? Ceva se întâmplă, aceasta este clar.

Am tușit ca să îmi regăsesc vocea din nou și am spus:

-Ați putea să-mi dați mai multe amănunte, vă rog? Vorbeați despre o filială....

-Păi, am crezut că știi despre noul sediu pe care-l deschidem în Franța, că l-am discutat destul de des în timpul ultimelor ședințe. Tu știi limba foarte bine, cel mai bine dintre toți cei de aici din firmă, și evident, după ce ai lucrat cu noi de mai bine de zece ani și ai avut o performanță fantastică, era normal să fii tu cea aleasă, Meg, pentru conducerea acestei filiale. Am crezut că îți vei da seama că te voi numi să conduci biroul de acolo, spuse el uimit de faptul că eram în completă necunoștință de cauză.

Ei bine, da, știam despre noua poziție de director al filialei din Paris, dar crezusem că vor prefera să angajeze pe cineva de-acolo, așa că nu-mi bătusem capul cu ea deloc.

-Apreciez oferta, evident, sunt chiar foarte măgulită, dar nu ar fi mai bine pentru companie dacă ați angaja pe cineva care este deja familiarizat cu orașul și cu lumea de afaceri din zonă?

La naiba, iar onestitatea mea prostească! Cred că tocmai am pierdut călătoria mea de vis în Franța din cauza ei! De ce nu pot să-mi țin eu gura când e cazul ?

-Am putea, bineînțeles, dar știu, sunt convins chiar, că te vei descurca foarte bine la Paris, considerând tot ce ai realizat în cadrul firmei până acum. Desigur, am angajat deja pe cineva de acolo să te ajute la fața locului, atât cu sfaturi cât și cu informații din interior... Știu că nu-ți punem prea mult timp la dispoziție, Meg, dar este necesar să fii acolo în maximum două săptămâni.

Nu ne-am aşteptat să meargă totul atât de bine şi să putem deschide filiala atât de rapid, pentru că altfel ţi-am fi spus mai din vreme. *Ce părere ai, crezi că poţi să fii acolo atât de repede?* Să pot fi acolo atât de curând? Nu părea o întrebare prea dificilă, nu-i aşa? Răspunsul era însă foarte dificil. Erau multe lucruri pe care trebuia să le iau în considerare. Deci, hai să facem o nouă trecere în revistă : de dimineaţă nu ştiam ce să mai fac pentru a-mi schimba viaţa, eram prinsă într-o rutină care mă sufoca efectiv, iar acum viaţa mea se afla pe un drum nou, spre o schimbare atât de majoră, încât nici măcar nu o mai recunoşteam. Acesta era momentul meu şi aş fi fost o fraieră dacă nu l-aş fi apucat cu ambele mâini.

-Mă voi descurca, nici o problemă, am răspuns în grabă, fiindu-mi teamă că s-ar putea răzgândi dacă mă vede nesigură.

Eu eram cea care spusese aşa ceva? Am înnebunit complet din cauza monotoniei sau ce? Eram oare capabilă să aranjez totul şi să plec peste ocean în numai două săptămâni? Dumnezeule, chiar sunt fascinată de termenele cât mai scurte, nu-i aşa? Parcă aş trăi numai pentru ele.

I-am zâmbit frumos dragului meu şef şi m-am întors spre uşă să ies cât mai repede, nu de alta, dar să nu îi dau timp să-şi schimbe părerea şi să îi ofere altcuiva acea poziţie.

-Desigur, va trebui să-i arăţi lui Marcy toate lucrările pe care le ai în lucru ca să le poată prelua ea, m-a oprit el exact când să ies.

Am dat din cap afirmativ şi în sfârşit am putut părăsi biroul fără alte întreruperi.

MEG LA RĂSCRUCE DE DRUMURI

Mergând încet spre biroul meu, am început să visez cu ochii deschiși: vedeam derulându-se în fața mea diverse imagini din filme: Parisul noaptea, Gene Kelly dansând, având Turnul Eiffel undeva în fundal, Audrey Hepburn...

Brusc m-am trezit : Dumnezeule, mă comportam exact ca o școlăriță căreia i s-a oferit o noapte romantică în oraș pentru prima dată!

Mi-am dat un ghiont mental serios și mi-am spus : bun, gândește-te fată ! Va fi muncă, chiar foarte multă muncă, dacă stai să judeci lucrurile la rece așa cum trebuie! Vor fi multe nopți fără pic de somn și migrene din cauza unuia sau altuia.

O știam foarte bine, la fel de bine pe cât știam că eram mai mult decât sătulă de ceea ce făceam în acel moment. Eram conștientă că nu mai puteam continua așa și îmi trebuia o schimbare neapărat, iar aceasta era ieșirea perfectă.

Sau poate încă visam cu ochii deschiși. Și dacă era așa? Ar fi fost chiar nemaipomenit. Chiar îmi pierdeam și bruma de judecată pe care-o mai aveam sau ce?

Am decis sa-mi continui ziua și să văd ce altceva urma să apară, așa că m-am dus să mă pregătesc pentru întâlnirea cu Lorna pentru dejun - deja eram cam cinci minute în întârziere și mai îmi trebuiau vreo zece pentru a ajunge la restaurantul unde trebuia să ne vedem. Am intrat în biroul meu să îmi iau geanta, iar asistenta mea personală, Susan, a venit după mine.

-Felicitări, Meg! Toată lumea a auzit că ți s-a oferit conducerea biroului pe care-l deschidem la Paris!

I-am zâmbit cu multă căldură. Nu atât pentru felicitările ei, deși și ele erau binevenite, dar mai ales pentru faptul că ea era dovada vie că încă nu-mi pierdusem mințile. Nu visam pur și simplu cu ochii deschiși și nici nu aveam pierderi de memorie.

Deci totul era real. Mai real de-atât nici nu se putea. Fantastic!

Acum trebuia să mă apuc să fac planuri. Nu știam nici măcar unde o să locuiesc acolo, nici ce voi face cu casa mea de-aici. Totul era o adevarată provocare, dar știam că mă puteam descurca cu toate.

-Știi, Domnul Johnson mi-a trimis memo-ul privind locuința ta de la Paris și despre absolut tot. Ți-au închiriat o căsuță în suburbii; știi tu „la banlieue".

Da, într-adevăr, ar fi trebuit să-mi imaginez că s-a îngrijit să-mi închirieze o casă pentru că, în general, este un om foarte atent la detalii, dar mă simțeam trasă pe sfoară cumva. Aș fi vrut să am șansa să-mi caut o locuință eu însămi. Nu-mi imaginasem că o vor face ei pentru mine.

Știam foarte bine gusturile domnului Johnson – casa șefului meu este plină până la refuz de lucruri moderne oribile, iar eu aș fi preferat ceva cu iz de început de secol 20 sau de la finalul secolului 19. Doream să am șansa de a gusta Parisul din cărțile pe care le-am citit cu pasiune la universitate.

Am renunțat să mă mai gândesc la asta pentru că era inutil, ceea ce s-a făcut deja nu mai putea fi schimbat. Ar fi trebuit să știu că firma nu m-ar fi trimis acolo în nici două săptămâni fără să se asigure că am totul aranjat, în special cazarea. Compania pune foarte multă importanță pe chestiuni de genul acesta.

Nu mai puteam schimba nimic în această privință, așa că mi-am îndreptat pașii spre restaurantul unde aveam întâlnire cu Lorna pentru prânz.

MEG LA RĂSCRUCE DE DRUMURI

-NU POT SĂ-MI CRED URECHILOR! Paris! Întotdeauna tu ai fost cea norocoasă! Nu ca mine, care trag mâța de coadă de ani de zile, Lorna pur și simplu strigă, gelozia aproape sufocând-o.

Ei bine, începutul nu pare să fie prea promițător! Ar fi trebuit să mă gândesc că Lorna va privi totul prin prisma sa personală pentru că niciodată nu a fost în stare să se bucure pentru altcineva. Trebuia să-mi imaginez că va scânci neîncetat, supărată că nu era ea în locul meu.

Totuși, este verișoara mea primară și de aceea o suport. „Familia trebuie să vină mereu pe primul loc" – spunea mereu bunicul. „Sunt ei enervanți câteodată, iar cei mai mulți dintre ei sunt meschini și chiar de nesuportat, dar sunt familie, iar tu ai simțul datoriei moștenit de la mine, așa că vei putea să te descurci cu ei destul de bine, cred".

Mulțumesc, bunicule, pentru că mi-ai lăsat moștenire simțul tău al datoriei. Aș fi preferat să moștenesc altceva: poate o casă pe țărmul oceanului? Câteodată, moștenirile astea sunt o adevărată bătaie de cap.

Am ascultat plângerile Lornei și scâncetul său neîntrerupt pe toată durata întregului prânz. S-a plâns de ultima sa relație care tocmai se încheiase – bănuiesc că tipul se cam săturase de cererile ei constante și vaietul neîntrerupt care însoțea fiecare frază care îi ieșea pe gură ; s-a plâns de slujba ei care nu prezenta nici un fel de perspective ; și s-a plâns că nu are posibilitatea să-și reînnoiască garderoba pentru iarnă, de parcă toată lumea ar trebui să își schimbe complet hainele de la sezon la sezon. Pe scurt, s-a plâns de absolut tot ce se întâmpla în viața ei.

Ştiam dinainte că aşa va fi acest dejun cu ea, dar o dată pe lună trebuie să-mi fac curaj şi să stau să o ascult. Mă întreb oare de ce mă plângeam de singurătatea mea, pentru că uneori pare o adevărată binecuvântare, pot să jur. Orice este mai bine decât să auzi această tânguială continuă.

Imediat după ce m-am ridicat de la masă şi mi-am luat la revedere de la Lorna, gândurile mele s-au întors la Paris şi la posibila mea viaţă acolo, care, evident, va fi minunată. Pentru că va trebui să fie minunată. Nu se poate altfel, doar este în Paris.

Parisul este creat pentru dragoste – iar eu una nu am avut aşa ceva de foarte multă vreme, mai precis de când i-am dat papucii lui Mitchell, un individ cu un ego uriaş care putea concura Texasul în dimensiuni. Era genul acela de bărbat care se credea darul lui Dumnezeu pentru femei pe pământ şi, evident, se şi comporta ca atare. Totul era despre el, totul era pentru el, iar femeia de la braţul lui sau din patul lui reprezenta doar un apendice a cărei existenţă se reducea la serviciul lui, un necesar pentru a-şi crea un statut şi pentru a-şi satisface anumite necesităţi. Sentimentele erau inexistente în orice ecuaţie, fiind doar ceva care se aplica la oamenii din clasa de mijloc pe care-i considera burghezi.

Dar hai să lăsăm deoparte amintirile cu el şi să ne întoarcem la Paris. Marele oraş romantic! Toată lumea ştie că Parisul este creat pentru visare şi comfort!

CAPITOLUL 2

Iată Parisul în sfârşit! Abia am aterizat şi am fost aşteptată de o maşină la aeroport să fiu condusă spre noua mea casă.

Privesc în jur şi nu-mi pot crede ochilor. Mă întreb unde este oraşul despre care am tot citit în acele romane pe care nu puteam să le las din mână. Pare să fie plin de mizerie pe străzi şi prin fereastra deschisă a maşinii aud un zgomot infernal. De trafic nu mai vorbesc, este la fel de rău ca acasă! Stau cu frica în sân pentru că nu sunt convinsă că voi ajunge întreagă la destinaţie.

Incerc să mă îmbărbătez şi-mi trag un ghiont mental : nu îndrăzni să te simţi dezamăgită! Aceasta este doar prima impresie, iar uneori, primele impresii mint. Aşteaptă şi ai să vezi!

Am avut dreptate! Într-adevăr, primele impresii unoeri pot să te inducă în eroare. Căsuţa închiriată pentru mine este tot ce mi-aş fi dorit. Gusturile şefului meu nu sunt vizibile pe nicăieri, aşa că, probabil, el a dat ordinele, dar oamenii pe care i-a angajat să facă treaba au ştiut ce să facă în final. Atmosfera de început de secol douăzeci este exact aşa cum mi-am imaginat.

Casa este primitoare şi are un aer rustic, odihnitor. Îmi dă senzaţia că mă aflu acasă, într-un fel. Ici colea se pot vedea urmele renovărilor făcute de-a lungul anilor.

Sunt mai mult ca sigură că există multă istorie între aceste ziduri. Mă întreb care va fi istoria mea oare. Mâine viaţa mea aici va începe în mod oficial şi vom vedea ce va urma apoi.

Acum simt oboseala în fiecare oscior. După două săptămâni în care m-am aflat ca într-un vârtej din care nu mai era scăpare, încercând să aranjez totul ca să pot pleca la timp, şi după un zbor lung de opt ore între cele două continente, am început să simt extenuarea. În acelaşi timp, însă, mă simt împlinită, satisfăcută şi gata să încep cu noua mea muncă.

A trecut destul de multă vreme de când am tot aşteptat să mai simt aşa ceva din nou. Mă simt entuziasmată pentru că ştiu că mâine este prima zi din restul vieţii mele şi ard de nerăbdare să văd ce îmi poate aduce.

Sunt mulţumită că sunt atât de extenuată pentru că altfel nu aş putea dormi deloc de nerăbdare şi chiar dacă mi s-a spus că nu se aşteaptă nimeni să fiu la birou a doua zi, abia aştept să se facă ziuă şi să-mi văd noul birou. Evident, nu aş vrea să arăt ca o sperietoare de ciori, iar pentru aceasta opt ore de somn sunt necesare.

CAPITOLUL 3

Restul vieții mele nu pare să fie prea grozav, din păcate! Așa se întâmplă când așteptările nu sunt pe măsura realității, iar dezamăgirile se țin lanț.

Prima persoană pe care am întâlnit-o a fost Ian, tipul pe care l-au angajat să-mi fie consilier, iar întâlnirea a fost un șoc total pentru sistemul meu. Ian este un irlandez uriaș, plin de sine, care, evident, știe totul cel mai bine, iar căpșorul meu ar exploda dacă aș încerca să gândesc!

Păcat că inima mi-a tresărit când am dat ochii cu el. Ochii aceia cenușii, care-i ascund gândurile – niciodată nu știu dacă râde de mine sau dacă vrea doar să fie amabil, sprâncenele stufoase, la fel de închise la culoare ca și claia de păr pe care se pare că degeaba o piaptănă pentru că nu se lasă îmblânzită de fel, umerii aceia ce par desprinși din fanteziile mele cele mai ascunse, totul mă atrăgea ca un magnet, e adevărat, dar la vederea gurii sale, generoase, cu buze care parcă cereau să fie gustate pe îndelete, pur și simplu am trepidat.

Am simțit nevoia să îmi dau o zgâlțâială bună ca să revin la realitate și să mă comport profesional. Sunt convinsă că aș fi fost internată direct în spitalul acela cu oameni simpatici dacă aș fi sărit pe el ca o femeie disperată care nu a mai văzut un bărbat atrăgător de un secol.

Este un deliciu pentru ochi, acest Ian, dar aș fi preferat să am drept consilier pe cineva care nu trezea nici un fel de senzații sau sentimente înlăuntrul meu. Oricum nu e ca și cum aș putea acționa bazat pe astfel de sentimente. Mai bine să nu existe tentația.

Asistenta mea personală, Mireille, care, în principiu, se presupune că lucrează pentru mine, se uită la el de parcă ar fi Dumnezeu coborât pe pământ și fiecare cuvânt ce iese din gura lui, în fapt, vine direct din Scriptură. Cu toate acestea, din câte am observat, ochii îi aleargă spre Philippe, directorul departamentului de investiții, deși nu știu dacă băiatul acesta cunoaște sensul real al cuvântului investiții. Dar aceasta este altă poveste.

Se pare că trebuie să o fac pe Mireille să înțeleagă că eu sunt cea cu puterea decizională aici, iar dacă nu îi convine, pur și simplu o concediez, pentru că nu văd să am altă alegere.

După prima săptamână, sunt atât de sătulă de toți cei de aici din firmă, încât îmi vine să încep să urlu la lună ca un lup singuratic, dar mi-e teamă că dacă încep să urlu, nu mă mai opresc și atunci chiar am încurcat-o.

Directorul departamentului de investiții, Philippe, pasiunea lui Mireille, este un francez care de asemenea trăiește cu ideea că Dumnezeu l-a creat pentru a fi un cadou pentru femei: un alt Mitchell, îmbrăcat după moda unui continent diferit, dar în esență același.

M-a luat cu amețeală când mi-am dat seama că trebuie să am de-a face cu același tip de bărbat din nou! Fiecare cuvânt ce îi iese pe gură e atât de lingușitor și dulceag de parcă a fi fost tăvălit prin miere. Eu, când îl aud vorbind, simt că mi se străpezesc dinții.

Phipippe privește fiecare femeie ce-i iese în cale cu ochi de cățeluș trist, dar se pare că tactica sa are efect. Nu mi-am putut crede ochilor când am văzut, dar se pare că femeile, indiferent de vârstă sau alee socială, pur și simplu se topesc sub ochii lui!

MEG LA RĂSCRUCE DE DRUMURI

Probabil de aceea are un asemenea succes în afaceri, pentru că în nici un caz succesul lui nu se datorează inteligenței sau datorită flerului lui pentru investiții, pentru că acelea sunt nule.

Totuși, când și-a dat seama că toate tertipurile lui nu au nici un fel de efect asupra mea, a început să aibă resentimente puternice față de mine iar comportamentul lui s-a schimbat radical. De parcă îmi pasă!

CAPITOLUL 4

Mă întreb câteodată de ce oare eram atât de tristă atunci când mă gândeam că eram singură şi că trebuia să fac acelaşi lucru în fiecare zi. Acum, privind în urmă, mi se pare că trăiam cu adevărat în rai, dar nu am ştiut să apreciez realitatea.

Acum, singurele momente pe care le am doar pentru mine însămi sunt două ore noaptea, dar pentru acele două ore, bineînţeles, trebuie să dorm mai puţin ca să îmi fac o rezervă de timp. În restul timpului, trebuie să duc o luptă continuă pentru absolut tot cu toată lumea: cu consilierul meu irlandez – nimic din ceea ce spun eu nu contează; cu asistenta mea personală – tot ceea ce Ian sau Philippe spune este important, iar eu sunt ca şi inexistentă; cu directorii mei – sunt francezi şi evident ei ştiu mai bine decât mine să se descurce cu lucrurile aşa cum sunt ele în Paris!

Mi-e teamă că am ajuns la concluzia că Dumnezeu mă urăşte! Mai întâi am avut acele trăiri idioate săptămâni în şir, când nu-mi doream decât o schimbare, orice schimbare, iar acum trăiesc acest coşmar continuu!

Cine spunea că trebuie să ai grijă ce îţi doreşti, avea dreptate. Cred că mi-am asumat mai mult decât pot duce. Zilele reprezintă o luptă continuă să mă fac auzită şi ascultată cât de cât, pentru că nu cred că deciziile mele sunt duse la îndeplinire nici măcar în proporţie de cincizeci la sută, indiferent de cât de mult aş insista.

Pe lângă această luptă continuă mai trebuie să îmi controlez şi impulsurile vis-a-vis de Ian, iar aceasta mă scoate din sărite efectiv. Parcă aş fi o adolescentă : cum îl văd, cum inima începe să-mi bată mai tare, mâinile îmi transpiră şi gândurile mi se învălmăşesc de nu mai ştiu ce vreau să spun. Evident, nici nu se mai pune problema să mă impun în faţa lui.

Trebuie neapărat să găsesc o soluţie să opresc această atracţie copilărească faţă de el. Nu e ca şi cum aş putea face ceva, de exemplu să-i cer să ne întâlnim undeva sau să luăm masa împreună. Până la urmă, tot în poziţia de şef mă găsesc şi aşa ceva nu se face. Intră sub incidenţa de hărţuire sexuală şi poate conduce la un proces urât pentru companie, aşa că trebuie să-mi ţin toate pornirile sub cheie şi să-mi şcolesc chipul să nu vadă nimeni nimic.

ESTE CLAR, NU EXISTĂ iubire în Paris! Poate doar ceva de genul a ceea ce simt eu pentru Ian : fără speranţă. În rest totul pare să fie doar o afacere.

Nu ştiu cum am putut să cred că dragostea te aşteaptă la fiecare cotitură ! Există numai interese, lupte mai mărunte sau mai mari duse din umbră, iar dacă nu eşti destul de puternic, eşti măturat de pe scena de afaceri imediat.

Parisul nu este un oraş pentru creaturi romantice sau slabe, nu că aş fi clădită astfel, desigur. Dacă stau şi mă gândesc bine, m-am antrenat deja pe alte scene la fel de necruţătoare şi am reuşit într-o lume ce aparţine în general bărbaţilor, asa că nu se poate pune problema să mă las înfrântă de o mână de bărbaţi înfumuraţi care se pot lăuda mai ales cu o aroganţă ce rivalizează cu Everestul sau de nişte femei care nu au auzit încă de mişcarea feministă şi încă mai trăiesc după preceptele de acum un secol.

CRĂCIUNUL PARE TOT mai aproape şi mi-e dor de chipurile familiare, de mirosul bradului de Crăciun şi de aroma budincii bunicii mele. Simt vidul care se cască în jurul meu tot mai mult şi înţeleg mai bine de ce sunt oameni care pur şi simplu urăsc sărbătorile : acum sunt şi eu unul dintre aceştia.

Anul acesta, din păcate, doar un brad mă va lega de viaţa mea fericită din trecut. Nu aş avea timp să mă duc acasă ca să petrec Crăciunul cu bruma de familie pe care o mai am şi să mă întorc aici la timp ca să rezolv multitudinea de probleme care sunt de rezolvat...

CU DOUĂ SĂPTĂMÂNI ÎNAINTE de Crăciun, la sfârşit de săptămână, am fost extrem de ocupată. Am colindat peste tot să-mi găsesc bradul perfect şi mi-am decorat căsuţa aşa cum mi-am dorit, iar aceasta mi-a oferit o dispoziţie mult mai bună decât înainte. De ceva vreme mă simţeam prea depresivă şi trebuia să fac ceva să ies din mohoreala care m-a cuprins.

Am pus deoparte orice gânduri legate de muncă şi de problemele create de cei de la birou. M-am gândit că, în fond, un sfârşit de săptămână complet liber nu-mi strică deloc. Ziua de luni era oricum destul de aproape şi ştiam că va fi o zi deosebit de grea.

CAPITOLUL 5

Vinerea care a urmat, m-am decis să iau înapoi toată puterea ce se presupunea că era a mea şi să pun piciorul în prag. Era deja momentul să îmi asum conducerea, iar dacă nu eram capabilă să o fac, atunci nu aveam ce căuta acolo. Ar fi trebuit să mă întorc cu coada între picioare la New York şi să declar capitularea, iar această variantă nu prea mă încânta, să fiu sinceră.

Deja sătulă de a fi prostită pe faţă şi de a fi dată la o parte tot timpul, fie pentru că sunt femeie, fie pentru ca sunt străină, i-am anunţat pe toţi că, de-a lungul zilei, voi avea întruniri separate cu fiecare persoană care făcea parte din managementul mediu şi superior.

Mai întâi l-am chemat la o discuţie pe consilierul meu irlandez, care, fie vorba între noi, m-a deranjat din prima zi, din motive diverse la care nu vroiam să mă gândesc prea mult.

Aceasta era o luptă continuă : să nu mă gândesc la el prea mult, să nu îmi aduc aminte de claia aceea de păr care parcă îmi implora degetele să o atingă sau de gura aceea care corupea şi atrăgea spre păcat.

-Cred că ştii de ce te-am invitat la o discuţie azi, i-am spus eu pe un ton hotărât, decisă să nu îi arăt sub nici o formă ce efect avea asupra sistemului meu.

-Să discutăm prospectele de investiţii pentru anul viitor sau ca să discutăm în ce stadiu se găsesc cele pe care le-am făcut până acum? S-a aventurat Ian să ghicească, dar am dat din cap că nu.

-Nici una, nici alta. Vreau să am o discuţie cu tine privind anvergura atribuţiilor tale... Vreau să înţelegi că în fapt eu sunt cea care se află la conducerea acestei companii, iar poziţia ta în cadrul firmei este doar cea de consultant, iar, în consecinţă, nu ţi se permite să iei nici un fel de decizie în locul meu şi nu ai dreptul să te ocupi de personal atunci când eu sunt capabilă să o fac. Acestea sunt sarcinile mele, în principal, Ian, şi numai ale mele, dacă nu sunt incapacitată, iar eu consider că pot să le îndeplinesc eu însămi. De altfel, acesta a şi fost scopul trimiterii mele aici. Daca însă consideri că nu te poţi desfăşura în aceşti parametrii, că sistemul este prea rigid pentru tine, atunci sunt gata să-ţi accept demisia imediat, nu e nici o problemă, i-am spus cu hotărâre deşi simţeam o vagă strângere de inimă.

Nu aş fi regretat că l-aş fi pierdut în calitatea de consilier, deşi, în general, mi-a demonstrat mereu că este un om cu capul pe umeri, care întotdeauna se gândeşte la perspectivă, care niciodată nu lua decizii bazate doar pe ce vedea în faţa ochilor. Era ca un jucător de şah capabil să determine următoarele cinci mutări ale adversarului şi să reacţioneze în consecinţă. Aş fi regretat însă că nu l-aş mai fi putut vedea aproape zilnic. Ştiam că mă comportam ca o adolescentă dornică de a-şi vedea idolul pe furiş, dar nu mă puteam abţine. Probabil compensam pentru vremurile când ar fi trebuit să mă comport astfel şi nu am făcut-o.

Auzindu-mă, zâmbetul său caracteristic, ironic, ce-l făcea să pară mereu uşor amuzat, îi apăru din nou pe buze. M-am întrebat ce putea fi atât de amuzant în ceea ce spuneam. Probabil credea că glumesc sau că nu am tăria să-mi pun decizia în aplicare, iar aceasta era ceva ce nu puteam trece cu vederea, aşa că am întrebat pe un ton certăreţ :

MEG LA RĂSCRUCE DE DRUMURI

-Crezi că glumesc?

Deși începusem pe un ton certăreț, gata de o întreagă tiradă, Ian a ridicat mâna să mă oprească și mi-a replicat pe un ton măsurat:

-Oh, sunt sigur că vorbești serios, Meg, nu-ți fă griji. Nu ești genul de persoană care aruncă vorbe în vânt, iar acest lucru este chiar de admirat. Nu mă deranjează că tu ești cea care ia hotărârile aici, Meg. De fapt, după părerea mea, este ceva ce ar fi trebuit să faci de multă vreme. Am luat decizii în locul tău până acum numai pentru că am crezut că ai nevoie de ajutor, să-ți găsești drumul într-un mediu nou, dar acum pot să mă dau la o parte cu ușurință.... Sper doar sa nu regreți decizia pe care tocmai ai luat-o azi... Sper că nu e prea devreme și ești pregătită pentru ce urrmează, Meg... a continuat el pe un ton gânditor.

Oh, Doamne, mi-aș fi dorit să stea jos, dar de la începutul discuției preferase să rămână în picioare și, din păcate, este un bărbat foarte înalt, îi ajungeam numai pe undeva la piept. Nu este nemaipomenit să se uite cineva la tine de sus în felul acesta, mai ales când e vorba de un bărbat ca el care îmi scurt-circuita sistemul mereu.

In astfel de situații, când este prea aproape și mai ales când suntem singuri într-o încăpere, îmi dau seama că este mult prea înalt pentru mine – este cu aproape 30 de centimetri mai înalt, cred, iar asta înseamnă mult prea mare - umeri lați și mâini mari – mda, garantat, femeile ar da orice pentru un bărbat ca acesta, iar eu m-aș așeza în linie, așteptându-mi rândul. Clar, toți neuronii mei au luat-o razna, iar hormonii se află pe locul șoferului, ceea ce nu este de dorit.

Oricum, în acest moment, se pare că el controla încăperea complet, exact opusul a ceea ce dorisem eu să se întâmple, iar aceasta îmi displăcea profund şi m-a determinat să reacţionez mai ciufut decât aş fi dorit.

-Deci să înţeleg că ai de gând să ramâi în cadrul firmei?

-Pe moment, de ce nu? Eu sunt doar consilierul, aşa cum ai specificat adineauri pe un ton atât de politicos. Ca atare, nu am nici un fel de probleme să iau ordine de la tine şi să te las pe tine să te descurci cu personalul. Va fi mai puţină muncă pentru mine, evident. Nu ştiu ce voi decide în viitor, desigur.

Ah! Deci până acum a muncit din greu în locul meu! Am simţit că mi se îngustau ochii, aaşa cum mi se întâmplă de fiecare dată când sunt furioasă. Mi-am dat seama imediat că a remarcat şi el, pentru că zâmbetul i s-a lăţit, atrăgându-mi atenţia spre buzele acelea care-mi populau fanteziile, iar apoi s-a schimbat într-un zâmbet obraznic, ceea ce m-a înfuriat şi mai mult.

Ian este un ticălos care arată foarte bine, dar asta nu înseamnă că trebuie să accept astfel de comportament din partea lui. Dar ce aş fi putut să spun? Nu puteam să mă răstesc la el şi să încerc să-l pun la punct. De fapt, nu a spus nimic care să depăşească acel hotar dintre director şi angajat, ci doar a zâmbit. Ei bine, din nefericire, nu poţi concedia pe cineva doar pentru că zâmbeşte, indiferent de semnificaţia acelui zâmbet, de cum te face să te simţi.

Din nou, m-am simţit manipulată, de data asta cu un zâmbet, şi încercând să ies din situaţia care devenea din ce în ce mai incomodă, l-am anunţat că întrunirea s-a încheiat şi imediat ce a ieşit, zâmbind în continuare, am încercat să mă adun şi l-am chemat pe Philippe, micuţul nostru gigolo/

director de investiții, care trăia sub impresia că nici o femeie în viață, indiferent de vârstă, condiție socială și nivel intelectual nu era imună la farmecul său personal.

Ei bine, eu una sunt imună. Nu mă topesc când zâmbește, ci din contră, mi se încrâncenează pielea pe mine, iar ochii lui nu îmi spun absolut nimic – cel mai mult mă deranjează felul în care se uită fix la mine, mi se pare pur și simplu libidinos.

Nu am aceleași senzații ca atunci când Ian își fixează privirea pe mine, de simt furnicături peste tot și mă încing toată.

Philippe intră în biroul meu și îmi zâmbește ușor condescendent, după cum îi este obiceiul, ceea ce îl face să arate de parcă ar fi plictisit.

Puteai crede că bietul om suferea amarnic din cauza acestei intruziuni neavenite în viața sa care altfel este plină de pasiune și că accepta să treacă printr-o astfel de suferință numai pentru că așa voia el, nu pentru că i s-a cerut s-o facă. Dădea impresia că nimeni nu îi putea dicta nimic și în special eu.

Pentru el, poziția mea în companie era doar o sinecură care-i provoca o simplă bătaie de cap, dar făcea efortul să mă ia în calcul, așa cum iei în considerare tantrumul unui prunc de trei ani. De aceea, pentru a clarifica parametrii discuției, am început în forță :

-Philippe, trebuie să îți atrag atenția că nu sunt deloc mulțumită cu activitatea ta în cadrul firmei și cu maniera în care abordezi afacerile în general. Nici măcar o singură dată nu ai găsit de cuviință să faci ce ți s-a spus, iar direcțiile pe care le-ai urmat au adus prea puțin succes per total sau chiar deloc. S-au înregistrat destule eșecuri în ultima vreme și firma a avut deja pierderi care ar fi putut fi evitate. Dacă vrei să-ți păstrezi poziția aici, în această companie, atunci trebuie să înveţi să lucrezi în echipă şi să îmi accepţi direcţia, pentru că de aceea mă aflu aici: să îţi ghidez acţiunile şi să îţi verific competenţa, în aşa fel încât insuccesele să se reducă, iar firma să înceapă să aducă profit.

Am văzut că s-a schimbat la faţă : s-a înroşit de furie. Sunt convinsă că nu şi-a imaginat nici în cele mai cumplite vise ale sale că cineva, în special o femeie aşa de mică şi neimportantă precum sunt eu în ochii lui, i-ar fi putut vorbi astfel, atrăgându-i atenţia asupra incompetenţie sale.

-Nu crezi că ar fi mai bine să laşi chestiile astea cum sunt direcţiile de acţiune pe seama mea? întrebă el dispreţuitor.

Deci iată că am avut dreptate până acum: Philippe mă consideră o femeiuşcă fără creier care nu poate face nimic important. Probabil că şi-a închipuit şi că am obţinut poziţia aceasta culcându-mă cu şeful meu şi de aceea obişnuia să mă măsoare tot timpul din cap până-n picioare fără nici o jenă, de parcă aş fi fost un obiect ce putea fi cumpărat pentru o sumă ridicolă.

-Nu, nu cred că ar fi cazul, din contră. Iar dacă tu ai probleme cu managementul meu, vezi că uşa e în spatele tău, foloseşte-o. Pentru mine nu constituie o problemă să te las să pleci pentru că sunt sigură că putem găsi pe cineva la fel de competent ca şi tine sau chiar mai bun, în fapt, şi asta fără nici un fel de probleme.

-Esti aşa de sigură că tu poţi găsi cea mai bună linie de acţiune la fel de bine ca şi mine?!! Eu am experienţă şi ...”

-Da, da, da.... Ştiu că ai, ţi-am văzut CV-ul, care pare ieşit dintr-o carte cu basme, dar pe de altă parte, eu într-adevăr am experienţă. În ciuda imaginaţiei tale bogate, care sunt sigură că te ajută în a-ţi menţine imaginea despre tine însuţi, în fapt am muncit din greu să ajung în aeastă poziţie în firmă şi am flerul necesar pentru afaceri, nu-ţi fă griji. Eu una sunt convinsă că firma poate supravieţui foarte bine fără tine, ba chiar poate ajunge departe fără ajutorul tău care a fost ca şi inexistent până în prezent.

A încercat să spună ceva, dar l-am oprit cu un gest brusc şi atunci am avut posibilitatea să-l văd înfuriindu-se şi mai tare decât înainte. Ochii îi scăpărau efectiv de furie şi sunt convinsă că îl furnicau palmele să îmi arate ce gândeşte, după cum strângea din pumni.

-Vreau să te întorci în biroul tău si să analizezi lucrurile foarte bine. Ai tot acest weekend la dispoziţie ca să iei o decizie în această privinţă. Luni, te aştept în biroul meu în jur de ora zece. Până atunci, ar trebui să ştii dacă ai intenţia să continui să lucrezi aici sau nu. Bineînţeles, dacă iei decizia să continui să lucrezi aici, atunci înseamnă că-mi vei urma directivele şi de asemenea, că laşi angajatele în pace din acest moment. Nu vreau să avem o problemă cu hărţuirea sexuală în firmă şi mi-e teamă că datorită comportamentului tău, acolo ne îndreptăm. Ţi-e clar ce-ţi spun? l-am întrebat dur şi hotărât.

A dat nervos din cap că a înţeles şi a ieşit din biroul meu furios, trântind uşa în urma lui, de parcă mie mi-ar fi păsat că şi-a pierdut cumpătul. In fond, chiar contasem pe asta. Dacă nu şi-ar fi pierdut cumpătul, ar fi însemnat că nu mi-am făcut treaba cum trebuie.

Îi suportasem comportamentul şi schimbările de dispoziţie destul de multă vreme, chiar prea multă vreme. Era momentul să preiau conducerea în firmă o dată pentru totdeauna şi să rezolv aceste probleme care mi-au consumat şi zilele şi nopţile.

Acum, pentru a încheia primul act de război în cadrul companiei, mi-am invitat şi aşa zisă asistentă personală în birou pentru o mică discuţie.

A intrat privindu-mă de parcă brusc mi s-ar fi ivit două coarne pe frunte. Îi simţeam dispreţul vis-a-vis de mine – părea să emane din fiecare fibră a corpului ei, dar în acelaşi timp îi puteam mirosi şi frica. Pentru prima dată simţea şi altceva faţă de mine, nu numai dispreţ. Am privit-o cu ochi reci şi i-am făcut semn să ia loc.

-Mireille, nu sunt sigură că ai o idee precisă despre cine ţi-e şeful aici, cine e persoana pentru care efectiv lucrezi. Sunt pusă în situaţia de a-ţi atrage atenţia că nici Ian şi nici Philippe nu se află la conducerea acestei firme, ci eu, iar tu eşti angajată să lucrezi exclusiv pentru mine. Dacă însă ţi-e dificil să întelegi acest concept, mi-e teamă că nu am altă alegere şi că va trebui să te înlocuiesc. Evident, îţi voi da cele două săptămâni de preaviz obişnuite, după cum este de altfel stipulat în contractul tau, dar nimic mai mult, pentru că, sincer, nu meriţi nici măcar atât. Evaluarea ta finală arată că ai avut rezultate extrem de slabe. Nu lucrezi cum ar trebui şi singurul lucru pe care îl faci permanent este să flirtezi cu bărbaţii din firmă, ceea ce nu se află în fişa postului, de altfel. De fiecare dată când îţi trasez o sarcină, preferi să te prefaci că nu mă auzi, iar agenda mea ar fi într-un haos total dacă nu m-aş ocupa eu personal să o ţin pe linia de plutire, iar dacă nu mă înşel, aceea e în fapt una din atribuţiile tale. Rapoartele de care am nevoie nu sunt niciodată gata în timp util, dacă sunt gata, că de fapt, până acum, nu am văzut un raport scris în întregime de tine, iar de fiecare dată când te caut, te găsesc în biroul lui Philippe şi chiar că nu pot găsi nici o explicaţie pentru prezenţa ta acolo. Din câte ştiu, ar trebui să te afli în biroul lui numai când te trimit eu cu un document la el şi sunt mai mult ca sigură că nu am făcut-o niciodată până acum. În concluzie, ai termen până luni să te gândeşti ce vrei de fapt şi să îmi spui ce decizie ai luat. Evident, dacă decizi să continui cu poziţia ta aici, trebuie să şi faci ceva pentru a-ţi câştiga salariul, nu te mai putem plăti doar pentru a pierde timpul. Este clar? am întrebat-o, privind-o drept în ochi cu hotărâre.

A deschis gura să spună ceva dar nu a putut articula nici un cuvânt. A izbucnit în lacrimi şi a ieşit fugind din biroul meu de parcă ar fi fost hăituită de lupi. Mi s-a părut o încheiere interesantă pentru întrunirile mele din dimineaţa aceea, aşa că mi-am îndreptat atenţia spre alte lucruri.

CAPITOLUL 6

Bun, am avut grijă de absolut tot ce-mi propusesem, aşa că acum mai aveam doar să scriu raportul săptămânal pentru compania mamă şi apoi puteam pleca acasă în sfârşit. Abia aşteptam să-mi încep weekendul. Simţeam nevoia să mă deconectez după ce am stat în tensiune atâta timp. Nu sunt genul de om dur şi pentru a juca acest rol, mi-a trebuit enorm de multă voinţă, iar acum eram aproape epuizată.

După un sfert de oră, am terminat în sfârşit cu raportul şi am chemat-o pe Mireille să-i cer să pregătească unele lucruri pentru luni dimineaţă, dar evident, nimeni nu mi-a răspuns. Nu era ieşit din comun, ţinând cont că Mireille petrecea mai mult timp prin alte părţi decât în biroul său.

Am ieşit din biroul meu şi am văzut că-şi părăsise biroul din nou. Probabil că era cu Ian sau Philippe căutând consolare după cele ce îi spusesem în cadrul întâlnirii.

Hotărâtă, m-am îndreptat spre biroul lui Ian şi l-am găsit vorbind la telefon cu unul dintre clienţii noştri. Am vrut să plec, dar mi-a făcut semn să intru în birou şi să aştept o clipă, aşa că am intrat. Am profitat de ocazie pentru a-mi clăti ochii şi l-am privit după voia inimii.

Curând şi-a terminat conversaţia telefonică şi m-a întrebat:

-Mai era ceva de spus? Este ceva ce ai uitat să acoperi în cadrul discuţiei pe care am avut-o mai devreme?

Am simţit că mă înfurii, dar am preferat să nu îi fac jocul, aşa că am făcut eforturi să rămân calmă.

-O căutam pe Mireille, atâta tot, dar se pare că nu este aici.

A zâmbit batjocoritor şi mi-a replicat:

MEG LA RĂSCRUCE DE DRUMURI

-Poți paria pe ultimul tău ban din buzunar că o poți găsi în biroul lui Philippe... Meg, sunt încă consilierul tău, nu-i așa? Ian a spus ezitant, ceea ce nu îi stătea în caracter.

-Da, ești, i-am răspuns un pic confuză, neștiind unde vroia să ajungă cu aeastă linie de discuție.

-Bun, atunci te sfătuiesc să o concediezi și imediat. Mireille nu face nimic toată ziua, doar îi face zâmbre lui Philippe și nu de asta este plătită.

-Am avut aceeași idee și eu, i-am replicat un pic de sus.

A râs și mi-a răspuns:

-Mă așteptam la asta! În fond, din câte am putut vedea ești o fată deșteaptă, știi ce ai de făcut!

-Mulțumesc, dar chestia asta nu merge cu mine! i-am replicat tăios.

-Ce anume? s-a încruntat el.

-Flirtatul, periatul ...

-Nu sunt Philippe! Ian mi-a replicat furios, tăindu-mi vorba. Ține minte asta, dacă nu te deranjează. Nu sunt Philippe, a repetat el cu și mai multă hotărâre. Să nu pleci niciodată de la premisa că m-aș coborî atât de jos încât să joc astfel de jocuri și mai ales cu tine! Nu îmi stă în caracter. Era pur și simplu o laudă adusă abilităților tale. Dacă nu-ți trebuie sau n-o vrei, nici o problemă, voi păstra tăcerea de-acum încolo, nu-mi mai exprim părerea în astfel de situații ca să nu ai impresia cumva că te periez, spuse el sarcastic. Acum, mai este altceva de discutat, pentru că dacă nu, am o întrevedere cu tipul de la compania de parfumuri și ar cam trebui să plec, m-a concediat el rece.

-Nu, nu mai e nimic altceva, am răspuns ezitant.

-Bine atunci! În drumul meu spre ieşire o voi trimite pe Mireille la tine, nici o grijă... spuse el, ridicându-se de pe scaun şi luând un dosar în mână, efectiv concediindu-mă.

M-am întors spre uşă, cu inima grea, dar vocea lui m-a oprit.

-Apropo, Meg, ce părere ai dacă ţi-aş propune să ieşim împreună pentru un pahar sau ceva diseară?

Pe moment, am îngheţat. Era exact ce îmi doream, momentul la care visasem de când îl văzusem prima oară. M-am uitat drept în ochii lui să văd dacă era serios şi era. Cu toate acestea, ştiam că îmi era imposibil să accept.

-Nu sunt sigură că e potrivit, Ian ...

-Treaba ta, atunci! Ian mi-a răspuns tăios şi s-a întors la dosarul lui.

Brusc a fost ca şi cum încetasem să mai exist. Am simţit că am devenit invizibilă pentru el şi m-a durut. M-am simţit şi un pic luată în răspăr, dar nu puteam sub nici o formă să-mi retrag cuvintele, mai ales după ce se părea că, brusc, Oceanul Arctic îşi făcuse loc între noi doi.

Oricum, m-am consolat, era numai o zi. Poate mă va mai invita altă dată în viitor şi poate atunci voi accepta, cine ştie.

Nu cred că am o voinţă atât de puternică încât să fiu capabilă să-l mai refuz încă o dată. Uneori delimitările devin confuze, mai ales când sunt implicate sentimente, iar eu, mi-e teamă, chiar aveam sentimente pentru Ian. Altfel nu aş fi regretat atât de mult că l-am refuzat.

CAPITOLUL 7

ESTE CIUDAT CĂ, PÂNĂ nu demult, mă plângeam că sunt singură tot timpul, iar când am avut şansa de a schimba acest lucru, pur şi simplu am dat înapoi, speriată de consecinţe. Ian îmi oferise o şansă de a mai ieşi, chiar dacă nu era interesat de mine ca femeie. Dar, de fiecare dată se întâmplă acelaşi lucru, eu spun nu. Nu era prima oară când am făcut-o, dar e prima oară când am refuzat un bărbat pentru care simt ceva cu adevărat.

Ei bine, acum este clar: eu sunt de fapt propriul meu duşman. Singură îmi sabotez orice şansă.

Probabil de aceea am deja 34 de ani şi nu am o familie pe care s-o numesc a mea, de aceea mă întorc în fiecare seară la o casă goală şi rece, unde nu se află nimeni care să mă întâmpine şi să fie fericit că m-am întors acasă.

Situaţia se datora acestei tendinţe a mea de a da înapoi permanent şi pistei rapide pe care m-am lansat când aveam 23 de ani ca şi cum nimic altceva nu mai conta.

Trebuie neapărat să fac ceva în legatură cu aceasta, de asemenea, dacă vreau să am şi eu o viaţă completă şi să nu mă trezesc mai târziu că viaţa a trecut pe lângă mine şi nu m-am ales cu nimic din ea. Nu mi s-a părut a fi o problemă în trecut, dar lucrurile au evoluat, anii au trecut, şi iată-mă aici, ducând dorul a tot ce am pierdut de-a lungul drumului.

MI-AM PARCAT MAŞINA în garajul de lângă casă şi am intrat în casa unde urma să petrec un alt sfârşit de săptămână singură, citind sau uitându-mă la televizor sau pur şi simplu făcând planuri care niciodată nu vor deveni realitate. Ştiu foarte bine să clădesc astfel de planuri dar, din păcate, ele se dezintegrează mereu chiar înainte de încheierea zilei.

Am mâncat nişte fructe stând în picioare în faţa frigiderului – eram pur şi simplu lihnită de foame, şi mi-am dat seama că nu mâncasem nimic de dimineaţă, de la aşa zisul meu mic dejun, când am reuşit să ciugulesc un pic dintr-o brioşă. Eram într-o stare atât de războinică, încât nu am putut înghiţi nimic altceva atunci şi nici nu am mai simţit nevoia să mănânc în timpul zilei fiind plină de adrenalina cauzată de înfruntările planificate.

Acum adrenalina se dusese şi simţeam de parcă stomacul îmi ţipase după hrană ore în şir iar eu fusesem prea surdă să-l aud, iar acum aveam o durere acută de stomac.

După ce mi-am terminat simulacrul de cină, m-am schimbat într-o rochie de vară comfortabilă – casa ţinea foarte bine căldura înăuntru şi puteam purta ceva lejer. La început mi s-a părut ciudat să văd zăpadă afară iar eu să mă simt ca în iulie înăuntru, dar apoi m-am obişnuit şi chiar am încercat să profit cât mai mult.

CAPITOLUL 8

Mă uitam la un show pe TV5 când am auzit o maşină oprind brusc în apropiere, cu un scrâşnet de frâne care mi-a oprit inima în loc pentru o clipă. Mă aşteptam să aud scrâşnetul metalului inerent într-un accident, dar nu am auzit nimic altceva decât o portieră trântită cu mai multă forţă decât ar fi fost necesar.

M-am întrebat dacă a venit cineva în vizită la vecinii de peste drum şi a decis să parcheze pe aleea mea, deşi nu-mi păsa prea mult. Nu era ca şi cum aş fi avut nevoie de alee în noaptea aceea, deoarece nimeni nu mă vizita vreodată.

Apoi am auzit însă soneria de la intrare şi aceasta m-a uimit foarte tare deoarece eram sigură că nimeni nu m-ar căuta, mai ales în seara aceea. De fapt, nu se întâmplase să am vreo vizită de când venisem în Paris.

Erau unii oameni din firmă care ştiau unde locuiesc pentru că au fost implicaţi într-un fel sau altul în închirierea şi aranjarea casei, dar nu-mi călcaseră pragul niciodată. Este adevărat că nici eu nu m-am obosit să invit pe careva pentru că în afară de Ian, nici unul nu-mi inspira dorinţa de socializare.

Oricum, după ziua de astăzi, după acel minunat meci pe care l-am avut cu ei în această după-masă, nu mă aşteptam să mai vină vre-unul în vizită pe la mine vreodată.

Deschizând uşa, am avut „marea plăcere" să-l văd pe Philippe, care aparent se găsea într-o dispoziţie specială, trădată de luciul neobişnnuit al ochilor şi de roşeaţa necaracteristică a pielii obrazului. Era rezemat cu umărul de cadrul uşii, ca şi cum ar fi încercat să-şi menţină echilibrul.

Văzându-i ochii roşii şi tulburi, precum şi maniera în care se sprijinea de perete, puteam să-l diagnostichez fără greşeală : băuse ţeapăn înainte de-a se gândi să-mi facă o vizită atât de târziu în cursul serii. Probabil că cele două fapte erau legate unul de celălalt, pentru că altfel nu l-aş fi văzut pe Philippe în cartierul meu.

M-a încercat o vagă urmă de teamă, dar ştiam că nu pot să-mi permit să-l las să-mi vadă frica.

Când te confrunţi cu un tip aflat într-o astfel de dispoziţie, cel mai bine este să nu-l laşi să vadă că ţi-e teamă de el pentru că atunci eşti cu adevărat în încurcătură.

-Care-i problema, Philippe? Este cumva vreo problemă urgentă în firmă care nu poate aştepta pâna luni dimineaţă sau nu poate fi discutată la telefon? l-am întrebat pe un ton rece şi la obiect, trecând voit peste faptul că nu se găsea într-o stare potrivită pentru a discuta afaceri.

Se pare că i-a displăcut tonul meu pentru că s-a încruntat la mine şi o grimasă oribilă i-a apărut în colţul gurii. Brusc, nu mă aşteptam la o astfel de mişcare din partea sa, m-a împins cu forţa înăuntru şi a trântit uşa în spatele lui cu piciorul. Am auzit zgomotul rezonându-mi în creier şi în urechi.

Cum mişcarea sa m-a luat prin surprindere, mi-am pierdut echilibrul, iar în acelaşi timp, instinctiv, am ţipat, lucru care se pare că i-a făcut o plăcere deosebită pentru că efectiv a mârâit de satisfacţie, iar inima mi-a îngheţat pentru că, în acel moment, mi-am dat seama că este dispus să meargă mult mai departe de atât.

-Ştiam eu că asta vrei, asta aştepţi, Philippe a mârâit printre dinţi la mine cu dispreţ. La fel ca toate târfele frigide, şi tu te gândeşti numai la asta! a mai adăugat el, apucându-mi braţul şi efectiv târându-mă după el în camera de zi.

Trecusem deja peste surpriza de moment, însă, şi am reuşit să-mi eliberez braţul din mâna lui cu o mişcare bruscă. M-am îndepărtat de el, cu gândul să pun cât mai multă distanţă între noi, şi m-am oprit în mijlocul camerei aruncându-i o privire plină de furie şi ură.

Era pentru prima dată în viaţă când mi se întâmpla aşa ceva şi clocoteam de nervi. Totuşi, dacă stau şi mă gândesc bine, până acum se pare că am avut de-a face cu bărbaţi care ştiau să demonstreze un oarecare bun simţ şi maniere demne, şi de aceea întotdeuana am ştiut că îi puteam determina să părăsească încăperea cu un sigur cuvânt.

Nu mai eram aşa de sigură pe mine acum. Nu mai aveam în faţa mea un bărbat oarecum educat, ci unul care-şi pierduse bruma de raţiune ce o avusese până acum şi se transformase într-un sălbatec care nu dădea doi bani pe consecinţe. Mi-era teamă că eu urma să plătesc consecinţele acţiunii lui.

-Ştiu că acum eşti beat, Philippe, şi îmi dau seama că probabil te-ai îmbătat din cauză că ţi-a fost rănită mândria, dar te sfătuiesc să pleci din casa mea chiar acum. Dacă nu ...

-Dacă nu, ce? Ce-mi poţi face? Philippe m-a întrerupt brutal şi un zâmbet urât i-a apărut pe buze.

Mi se păruse un individ lipsit de esenţă, fără caracter şi fără prea multă inteligenţă. Acum se vedea că era genul de om fără conştiinţă, care mai avea şi o cruzime înnăscută pe care ştia să şi-o ascundă când nu era intoxicat.

-Nu ai nici o putere asupra mea, Meg. Eu ştiu foarte bine cum ai obţinut slujba asta, ţine minte asta, şi mai ştiu şi că vei face absolut tot ceea ce-ţi spun eu să faci după noaptea asta, a continuat el sardonic.

Cuvintele lui m-au convins că Philippe nu avea nici o intenţie să se oprească la atât şi că eram într-o încurcătură foarte mare. Am intrat în panică pe moment.

Ştiam să mă apăr, este adevărat. Este ceva necesar în New York. Trebuie să înveţi să te protejezi, mai ales dacă eşti o femeie singură, dar până acum, am avut noroc şi nu am fost pusă niciodată în situaţia de a aplica ce am învăţat.

Deodată, mă aflam într-un teritoriu complet necunoscut şi am cam început să mă îndoiesc de aptitudinile mele de a mă apăra împotriva bărbatului din faţa mea. Nici nu eram sigură că-mi aduceam aminte ce trebuia să fac.

Mai mult de-atât, Philippe părea slab, dar i-am putut vedea muşchii mişcându-i-se pe sub cămaşă când şi-a scos haina şi şi-a aruncat-o pe jos cu nonşalanţă, într-un gest ce arăta o finalitate clară, ca şi cum nu mai era loc de întoarcere. Nu ştiu dacă a făcut-o ca să mă sperie, dar trebuie să admit că acesta era rezultatul.

Câteva clipe ne-am măsurat unul pe celălalt, ca şi cum doream să descoperim punctele slabe ale oponentului, iar apoi Philippe s-a repezit la mine. Am încercat să scap din mâinile lui, m-am răsucit şi l-am împins, dar el a reuşit totuşi să mă prindă de braţe şi să mă tragă spre el cu putere.

Nu mai părea nesigur pe picioare şi demonstra o forţă de care nu am fost complet conştientă până în acel moment.

MEG LA RĂSCRUCE DE DRUMURI

L-am lovit cu piciorul drept în fluierul piciorului şi asta pur şi simplu l-a enervat cumplit, deşi nu cred că lovitura mea a avut prea mult impact fiind desculţă. Drept retaliere, m-a plesnit atât de tare peste faţă, încât am căzut peste masa de cafea, iar în cădere am trântit pe jos tava cu ceaşca de ceai şi zaharniţa pe care le pusesem acolo mai devreme în cursul serii. Cioburi s-au împrăştiat peste tot, presărate cu zahărul care s-a vărsat din zaharniţa făcută bucăţi.

Cuprinsă de panică, am încercat să mă târăsc cât mai departe de el, indiferentă la cioburile care mi-au intrat în palma de la mâna dreaptă, dar cu toate că era beat şi nu judeca prea clar, Philippe era totuşi foarte rapid şi m-a prins cu uşurinţă, iar apoi m-a întins cu forţa pe covor şi mi-a sfâşiat rochia dintr-o singură mişcare.

M-am zbătut, şi am încercat să-l zgâriu, dar mă depăşea cu cel puţin treizeci de kilograme în greutate şi am descoperit că mi-era dificil să mă eliberez, dacă nu chiar imposibil.

M-a muşcat de gât sălbatec şi am fost într-atât de oripilată de gestul său încât am fost efectiv incapabilă să mă mişc pentru câteva momente, iar mintea mi s-a întunecat.

Cred că am leşinat câteva secunde, pentru că atunci când mi-am revenit, Philippe deja ajunsese la pieptul meu. Corsajul rochiei era deja sfâşiat şi atârna peste fustă iar bustul îmi era complet dezgolit privirilor şi mâinilor sale, ceea ce m-a înfuriat teribil. Furioasă, l-am lovit cu toată forţa de care eram capabilă, dar din păcate rezultatul nu a fost unul fericit. Se pare că Philippe crede în a da înapoi înzecit, pentru că m-a plesnit din nou cu asemenea forţă că mi-au clănţănit dinţii, iar durerea a fost aşa de intensă că m-am temut că mi-a fracturat maxilarul.

I-am simţit mâna pe elasticul chiloţilor şi m-am temut că am ajuns la punctul final, când, deodată, am văzut o mână mare apucându-l de păr şi trăgându-i capul spre spate cu putere.

În sfârşit, am putut şi eu să respir mai uşor pentru prima dată din momentul în care a început totul. Cu o mână tremurătoare şi însângerată mi-am dat părul la o parte de pe faţă şi am ridicat privirea tocmai la timp pentru a vedea un pumn uriaş pocnindu-l pe Philippe drept în faţă, trimiţându-l la podea. Philippe a căzut ca un bolovan şi a rămas întins pe covor fără să mai mişte. Privind în jos spre el, aproape purpuriu în obraji de mânie, Ian părea gata să-l scuipe şi să-l facă bucăţi în acelaşi timp.

Nu am putut articula nici un cuvânt câteva momente şi pur şi simplu am rămas în aceeaşi poziţie în care mă aflam pe covor, privindu-l pe Ian care părea rupt dintr-una din tapiseriile din secolul treisprezece sau paisprezece care arată cavaleri în luptă.

Cred că Ian mi-a simţit ochii asupra lui pentru că şi-a întors privirile spre mine şi m-a analizat atent din cap până-n picioare, părând detaşat, în ciuda furiei care încă îi scăpăra în ochi. I-am urmărit privirea şi mi-am dat seama că eram aproape complet goală. Rochia-mi era sfâşiată complet şi am încercat să adun zdrenţele în jurul meu cât mai repede posibil, să mă acopăr cât de cât.

Ian îşi scutură capul ca şi cum efortul meu ar fi fost inutil şi m-a tras în picioare. Fiind acum pe picioarele mele, mi-am dat seama că tremuram ca o frunză-n vânt şi am rămas agăţată de el pentru a-mi regăsi echilibrul.

-Chiar trebuie să mă duc... şi să-mi schimb ... rochia, am spus cu o voce tremurată pe care nu mi-o recunoşteam, iar apoi m-am uitat din nou la ce mai rămăsese din rochia mea.

MEG LA RĂSCRUCE DE DRUMURI

Nu cred că o mai puteam numi rochie acum, pentru că era numai zdrențe. Mai mult de atât, nu mă simțeam deloc comfortabil să mă aflu sub privirile lui Ian pe jumătate goală, știind că ținuta mi se datora atacului unui alt bărbat.

Ian a dat din cap afirmativ și mi-a dat drumul dar numai după ce s-a asigurat că pot să mă țin pe picioare, iar apoi s-a așezat pe canapea privindu-l pe Philippe care nu-și revenise încă. I-am mai aruncat o privire : părea sa cântărească situația, iar apoi am plecat cu picioare tremurânde spre scări.

CAPITOLUL 9

După ce am ajuns în dormitorul meu, mi-am luat şi libertatea de a face un duş lung şi fierbinte. Simţeam nevoia să-mi curăţ pielea de aminitirea mâinilor lui Philippe, înainte de a mă îmbrăca într-un costum de trening şi a mă întoarce în camera de zi unde îi lăsasem pe cei doi bărbaţi. Speram ca Ian nu l-a bătut pe Philippe mai rău pentru că nu vroiam să o încurce din cauza mea.

Se pare că între timp Philippe şi-a revenit şi se afla aşezat pe canapea acum, de unde se uita mânios la Ian care îl domina din mijlocul încăperii, cu mâinile proptite pe şolduri. Ochii lui erau reci ca Marea Nordului şi efectiv m-am cutremurat când i-am văzut privirea.

-Cred că ar fi mai bine dacă ai chema poliţia să ridice acest gunoi imediat, mi-a spus Ian fără a-şi lua ochii de pe Philippe.

Se pare că pur şi simplu îmi simţise prezenţa în cadrul uşii, pentru că ştiu că nu făcusem nici un fel de zgomot la coborârea scărilor, fiind desculţă.

-Nu ştiu, Ian... Ar putea avea un impact deosebit de negativ asupra firmei..., am spus eu ezitând, neştiind care ar fi cea mai bună mişcare în condiţiile date.

În condiţii normale, desigur că aş fi chemat poliţia. Aş fi vrut să-l văd legat fedeleş şi dacă era posibil aruncat într-una din celulele din Bastilia, evident cheia fiind aruncată în Sena apoi.

-Am sperat că nu va conta compania atât de mult în acest moment, dar se pare că m-am înşelat..., a replicat Ian sarcastic, dar şi dezamăgit în acelaşi timp, iar tonul lui m-a atins profund.

MEG LA RĂSCRUCE DE DRUMURI

În fond avea dreptate, dar nu puteam să pun firma în pericol. Sucursala fusese înfiinţată prea recent şi nu ştiam dacă ar fi supravieţuit comentariilor negative din presă.

-Ai venit la timp, doar ştii, şi nu a apucat să meargă prea departe..., am încercat eu să-mi justific decizia, dar Ian mi-a tăiat-o scurt cu un gest.

-E decizia ta până la urmă, a spus el. Dar acum, uite care este decizia mea, iar dacă nu îţi convine sau crezi că ar trebui să te las pe tine să hotărăşti în astfel de circumstanţe, atunci nici o problemă, ai posibilitatea să mă concediezi luni. Între timp, spuse el apăsat întorcându-se spre Philippe, mai sunt încă în funcţie, iar tu eşti concediat chiar din această clipă. Şi nu te uita la ea, pentru că şi eu am autoritatea să te concediez dacă am motive pertinente. Nu uita că sunt al doilea pe scara ierarhică în sucursală şi am drept decizional în ceea ce te priveşte. Acum ieşi naibii de aici înainte să-mi revin la normal şi să te predau poliţiei, aşa cum ar fi logic. Dacă îţi mai văd moaca în faţa ochilor vreodată, indiferent unde, îţi voi arăta eu ce înseamnă cu adevărat puterea unui bărbat şi, crede-mă, nu o vei uita în veci.

Philippe s-a întors spre mine, aşteptându-se probabil să-l contrazic pe Ian, numai pentru că devenise un obicei de-al meu şi o făcusem atât de des înainte. De data aceasta, însă, l-am susţinut în hotărârea luată şi, ca să-mi arăt susţinerea faţă de el, m-am apropiat şi mai mult de Ian, ţinându-mi capul sus.

Philippe înjură amarnic şi ieşi val vârtej din casa mea, trântind uşa de la intrare în urma sa. Am impresia că acesta este un obicei de-al lui, trântitul uşilor, sau poate doar în ceea ce priveşte uşile mele, cred.

DUPĂ CE PHILIPPE A ieșit furtunos pe ușă, nici unul dintre noi nu a spus nimic vreo câteva clipe. Când tăcerea a devenit mult prea apăsătoare, m-am întors spre Ian și, uitându-mă direct în ochii lui, i-am spus pe un ton cald:

-Mulțumesc, Ian. Îți mulțumesc din tot sufletul. Dacă nu ai fi apărut când ai apărut, nu știu ce s-ar fi întâmplat cu mine.

Ian mă privi câteva clipe, iar apoi își masă fruntea obosit și spuse :

-L-am auzit la bar mai devreme... Era împreună cu niște prieteni de-ai lui la o masă nu departe de masa mea. Vorbea destul de tare și l-am auzit lăudându-se și făcând planuri... La început am crezut că vorbea așa doar pentru a se da mare, știi tu, doar gura e de el, în general, dar după o vreme m-am gândit că ar fi fost mai bine să mă asigur că de data asta nu era cumva mai mult de-atât, considerând ce s-a întâmplat azi după-masă... Așa că m-am hotărât să trec pe aici și să văd dacă ești bine... Ar fi trebuit să-l urmăresc, știu, dar în mod normal nu pare periculos, pare a fi lăudăros, dar nu pare a avea prea multă substanță...

Ceva în vocea lui m-a făcut să înțeleg că se simțea vinovat pentru ceea ce se întâmplase și știam că nu era cazul. Dacă nu ar fi fost el, doar Dumnezeu știe în ce stare aș fi fost acum. I-am atins brațul blând și i-am spus:

-Nu, Ian, ai făcut mult mai mult decât ar fi făcut oricine în locul tău și îți sunt recunoscătare pentru tot.

Mi-a scuturat mâna de pe brațul lui nervos și mi-a răspuns:

MEG LA RĂSCRUCE DE DRUMURI

-Nu am nevoie de gratitudinea ta! Am făcut doar ceea ce am crezut eu că este bine, ceea ce știam că trebuie să fac, nu din cauza ta în mod deosebit.

Cuvintele lui m-au rănit profund, dar am încercat să-i zâmbesc. Până la urmă, datorită lui eram încă întreagă, așa că puteam trece și eu peste vorbele lui, chiar dacă aș fi preferat să aud altceva. Aș fi vrut să-mi spună că îi pasă de mine în mod deosebit, că a făcut-o pentru mine personal nu pentru că nu suportă să vadă o femeie rănită.

-Ai vrea ceva de băut? Eu simt nevoia să beau ceva tare acum, spuse el, fără să bage de seamă ce-mi trecea prin minte.

-Ai whiskey în casă? Ian continuă. Ar trebui să fie whiskey pentru că eu am achiziționat băuturile printre alte lucruri când am pregătit casa pentru venirea ta și știu sigur că am luat și whiskey, doar dacă nu l-ai băut tot până acum, spuse el zâmbind.

-Atunci încă mai este, i-am răspuns râzând. Nu am verificat niciodată ce sticle sunt în bar. Eu beau foarte rar, dar dacă tu le-ai cumpărat, atunci știi mai bine decât mine.

-Bine, stai jos, acolo, pe canapea, iar eu o să pregătesc câte un pahar de fiecare. Presupun că ai prefera să pun gheață în paharul tău, nu-i așa ?

-Da, mulțumesc, i-am spus, urmărindu-l cu privirea.

Se mișca cu grație. Mersul lui era elastic, o dovadă vie că Ian era genul de bărbat care se antrena tot timpul pentru a se păstra în formă.

Mă simțeam în siguranță alături de el,chiar dacă, în mod ironic, nu am crezut niciodată că aș prețui siguranța pe care mi-o poate oferi un bărbat puternic. Am fost mereu convinsă că trebuia doar să am încredere în propriile mele forțe. Totuși, după evenimentele serii, mă simțeam bine știind că cineva puternic și cu simțul de dreptate pe care-l arăta Ian era de partea mea, chiar dacă, în fond, el se afla cu mine numai datorită unui simț masculin cavaleresc uitat sau unui sentiment ciudat de datorie.

Am luat paharul pe care mi l-a întins și mi-am înmuiat buzele în whisky-ul parfumat. Nu era genul de băutură pe care aș fi ales-o în mod normal, dar știam că tăria whiskey-ului mă putea ajuta să mă simt mai bine.

Ian a rămas în picioare, sorbind din pahar și privind ninsoarea de afară. Tăcerea se întindea între noi, dar nu era apăsătoare, nu mă deranja defel. Era chiar o tăcere plăcută. Mă simțeam bine alături de el și nu simțeam nevoia să vorbesc, să pun întrebări sau să discut nimicuri. Era suficient că eram împreună.

-Luni îți voi prezenta demisia, spuse el calm deși tonul său era aspru.

Vocea lui a curmat tăcerea, dar el nu s-a întors spre mine. Nu eram pregătită să-l aud vorbind și mai ales nu mă așteptam să spună așa ceva. Am tresărit puternic surprinsă, vărsând din băutură pe mine. M-am uitat cu ochi mari la el de parcă nu mi-ar fi venit să cred că am auzit corect ce a spus.

-De ce? Ce ți-am făcut? Nu înțeleg! nu m-am putut abține de a spune, deși era cel mai prostesc lucu pe care-l puteam scoate pe gură.

-De ce crezi că este din cauza ta? s-a întors el spre mine și mi-a replicat zâmbind.

Pentru o clipă, orice urmă de recunoștință mi-a pierit și am simțit că doream să-i șterg zâmbetul de pe buze cu o palmă bine țintită, furioasă că a trebuit să șteargă orice urmă de iluzie din mintea mea. Nu am dat curs pornirilor mele, în schimb, am ridicat o sprânceană interogativ şi l-am fixat cu privirea fără să mai spun nimic.

-Da, bine, bine, admit, este din cauza ta într-un fel, dar nu este ceea ce crezi, se repezi el să-mi spună. Intenţionez să-mi deschid propria companie de consultanţă dar, evident, înainte de aceasta îţi voi prezenta pe cineva, un tip capabil, cu un bun portofoliu, care te va sfătui de bine şi în care vei putea avea încredere.

-Dar de ce acum? Este din cauza discuţiei de azi după-masă ? Pentru că am insistat să fiu eu cea care decide şi conduce compania? l-am întrebat insistent pentru a obţine explicaţii.

-Nu vorbi prostii! s-a răstit Ian la mine. Tu eşti cea care trebuie să conducă firma, evident. Tu eşti şeful de facto şi nu trebuie să cedezi această poziţie în faţa nimănui, continuă Ian pe un ton furios.

-Atunci... Nu înţeleg care e problema, zău aşa, i-am răspuns, neînţelegând nimic.

-Nu mai pot lucra cu tine, Ian admise. Asta este tot. Ce vreau eu de la tine este cu totul altceva şi din păcate este incompatibil cu poziţiile noastre prezente de şef şi subaltern, sper că-ţi dai seama. Acum, dacă vrei si tu acelaşi lucru ca şi mine, foarte bine, este perfect, dacă nu, voi supravieţui, nu este o problemă. Dar, indiferent de ce hotărăşti, eu tot voi părăsi compania, Meg. Nu mai pot lucra cu tine sau pentru tine, sper să mă înţelegi... Este mult prea dificil... Să te văd în fiecare zi şi să ştiu... Sper că înţelegi de ce, a tăiat scurt orice explicaţie.

ROWENA DAWN

Nu eram prea sigură dacă înțelegeam sau nu. Nici nu îndrăzneam să mă sper că, în final, după atâta vreme și atâtea nopți pline de vise în care el deținea rolul principal, soluția lui ar fi putut fi răspunsul tuturor dorințelor mele.

In ciuda atracției pe care o resimțeam pentru el și care se manifestase aproape în fiecare noapte în vise fierbinți, nu îl introdusesem niciodată în ecuație, poate pentru că eram pe pozițiile pe care chiar el le menționase sau poate pentru că în ultima vreme am fost atât de furioasă tot timpul, neștiind cum să fac totul să meargă.

Desigur, băgasem de seamă anumite lucruri, și nu numai felul în care arăta, deși resimt o înfrigurare aparte de fiecare dată când îl văd, dar, la naiba, Ian chiar este un tip foarte bine clădit. Dar este mai mult decât atât. Calmul său, încrederea în sine, inteligența sa, totul era la fel de atrăgător ca și fizicul său.

Fiindu-mi teamă să nu înțeleg greșit și să încep să-mi imaginez tot felul de lucruri numai pentru a fi adusă după aceea cu picioarele pe pământ brutal, l-am întrebat din nou:

-Ce vrei de fapt să spui când afirmi că vrei altceva?

-Oh, Doamne, nu știu cum o femeie atât de deșteaptă ca tine când vine vorba de afaceri, poate fi atât de bleagă când e vorba de relații personale, Meg! Bineînțeles că mă refer la tine și la mine, că vreau să fim un cuplu. Nu deodată, evident, îmi dau seama că aș cere prea mult, prea curând, dar în timp... Asta vreau să spun. Putem începe ușor, cu o cină când și când, poate un film, o piesă de teatru, plimbări lungi în Parc des Buttes-Chaumont... Prinzi ideea?

L-am privit și m-am întrebat cum de nu-i văzusem această parte a lui înainte, partea sa romantică, pentru că numai un bărbat romantic se putea gândi la plimbări în parc. Oare era din cauză că eram prea ocupată să mă impun şi prea supărată tot timpul? Era oare din cauza lipsei de speranţă care m-a cuprins în timpul ultimilor ani când mă vedeam trecând prin viaţă singură?

-Bun, văd că eşti copleşită de un entuziasm copleşitor vis-a-vis de propunerea mea, spuse el sarcastic, întrerupându-mi şirul gândurilor şi făcându-mă să tresar.

-Totuşi, nu uita că luni ai demisia mea pe masă. O noapte bună îţi doresc, mai spuse el abrupt punând paharul pe măsuţă şi întorcându-se spre uşă să plece.

-Hei, Ian, unde pleci? Am sărit eu de pe canapea. Unde Dumnezeu arde de te grăbeşti aşa de tare ? Ai sărit deja la o concluzie fără a avea nici o bază. Mi-ai înţeles reacţia greşit, Ian. Evident că sunt interesată să am o relaţie cu tine. Mă pierdusem un pic în gânduri atâta tot.

Ian se uită la mine pătrunzător să se asigure că spun adevărul şi nu încerc să îndulcesc lovitura diplomatic.

-Dar aş vrea ceva mai mult de la tine, dacă se poate, evident, am continuat eu. Aş vrea să stai cu mine, aici, în seara asta, dacă nu te deranjează prea tare ... vreau să spun doar să stai. Mai bem ceva, mai stăm de vorbă... Evident, dacă nu ai deja planificată o întâlnire fierbinte în oraş, am încercat eu să glumesc, deşi numai gândul că Ian ar avea o întâlnire fierbinte mă făcea să mă simt geloasă.

Ian izbucni în râs şi camera păru brusc prea mică pentru o asemenea explozie. Ian are un râs puternic, plin de viaţă. Auzindu-l râzând, m-am simţit aiurea pentru că nu ştiam ce să cred despre atitudinea lui şi mi-era teamă că pur şi simplu şi-a bătut joc de mine, pregătit să reacţioneze astfel o dată ce mi-aş fi exprimat dorinţa de a clădi o relaţie între noi doi.

A văzut că mă încrunt şi mă trase în braţele lui, spunând şoptit, cu buzele lipite de părul meu:

-Nici o grijă, puiule, voi fi aici azi, mâine, şi poimâine, şi în fiecare zi, atâta timp cât mă vrei tu aici. Plec numai când mă dai afară, este în regulă ?

Am ridicat ochii şi l-am privit îndelung. Ian chiar este o privelişte nemaipomenită pentru ochii mei obosiţi.

-Bun. Este un al doilea dormitor în casă, dar deja ştii asta, dacă nu mă înşel. Îl poţi folosi, am spus scurt şi la obiect.

-Trebuia să mă gândesc că nu-mi vei oferi dormitorul tău, replică el râzând, iar de data aceasta râsul său îmi încălzi inima.

POATE CĂ IDEEA UNEI relaţii cu Ian se aflase în mintea mea tot timpul, undeva în subconştient. Fără să-mi dau seama, observasem multe lucruri interesante despre Ian, dar niciodată nu m-am gândit în mod conştient la el ca la un posibil partener, poate pentru că ştiam că ar fi o relaţie imposibilă.

Totusi, acum, eram capabilă să admit că îmi plăcuse de el tot timpul şi că o parte din frustrarea şi mânia pe care le-am resimţit faţă de el erau iscate de toate dorinţele pe care nu mi le puteam mărturisi nici mie însămi.

AM PETRECUT ÎMPREUNĂ o seară calmă, vorbind despre multe lucruri, descoperind interese comune şi puncte de vedere similare aproape despre absolut orice. De puţine ori ne aflam pe poziţii diferite, dar şi atunci controversa făcea conversaţia mult mai interesantă şi părea să ne apropie mai mult. Era o experienţă interesantă să am un argument cu Ian.

Timpul a trecut pe neştiute, iar când ne-am dat seama că era deja trecut de două dimineaţa, pur şi simplu nu ne-a venit să credem şi am izbucnit amândoi în râs ca doi copii.

L-am condus în dormitorul desemnat pentru musafiri – nu că aş fi avut vre-un musafir până atunci, iar apoi m-am dus în al meu, simţindu-mă în sfârşit satisfăcută, ba chiar fericită, după foarte multă vreme.

Nici măcar evenimentul cu Philippe nu mă mai necăjea. Era ca şi cum nici nu se întâmplase. Împinsesem amintirea deoparte ca să nu-mi strice momentele minunate pe care le-am trăit cu Ian de-a lungul multelor ore în care am vorbit, am gătit o cină sumară împreună, pentru că nu aveam prea multe rezerve în firigider, am mai băut un pic, dar, mai ales, am râs. Am râs mult în acele prime ore petrecute împreună. Era minunat să pot râde atât de liber, iar Ian ştia să facă totul foarte amuzant, ba chiar ştia să râdă şi de el însuşi.

CAPITOLUL 10

Pe la şase dimineaţa, m-am trezit auzind ţârâitul enervant al telefonului, şi mi-a fost destul de greu să-mi scot mâna de sub plapumă, să pipăi dupa receptor adormită şi să răspund într-un final.

Mintea îmi era pur şi simplu înceţoşată din cauză că dormisem prea puţin, dar am recunoscut vocea domnului Johnson, bossul cel mare de la New York. Mânia din vocea lui m-a trezit complet.

Nu reuşeam să înţeleg ce l-a supărat atât de rău. Ieri, când vorbisem cu el ultima oară, totul părea în regulă, iar sucursala era închisă pentru weekend, aşa că nu vedeam care ar fi fost problema.

-Vreau să te întorci la New York imediat. Nu ştiu ce ţi-a trecut prin minte, nu ştiu unde ţi-a fost capul, efectiv, dar pur şi simplu nu pot să-mi imaginez cum ai putut cauza o astfel de problemă. Păreai o femeie echilibrată şi de încredere, şi de aceea te-am promovat, dar se pare că m-am înşelat cumplit în ceea ce te priveşte. Nu eşti deloc cine am crezut că eşti !

Îl ascultam, îi auzeam cuvintele muşcătoare, dar nu reuşeam să înţeleg ce se întâmplase. În general, era un om cu capul pe umeri, care nu făcea nici un fel de acuzaţii fără să aibă ceva concret pe care să se bazeze, dar de data aceasta nu ştiam pe ce putea să se bazeze când eu mă aflam în totală necunoştinţă de cauză.

-Nu înţeleg ce s-a putut întâmpla, domnule Johnson. Din câte ştiu, totul era în regulă când am plecat de la birou ieri după-masă, am încercat să intervin dar m-a întrerupt brusc.

MEG LA RĂSCRUCE DE DRUMURI

-Cum de ai putut face aşa ceva? Cum de-ai putut să te comporţi ca o femeiuşcă isterică? Unde ţi-a fost capul ?

Părea extrem de supărat, iar tonul îi era amar. Eram bulversată pentru că nu vedeam care ar fi fost motivul. Eram sigură că nu meritam asemenea cuvinte, niciodată nu reacţionasem altfel decât raţional la birou.

-Chiar nu ştiu la ce vă referiţi, domnule. Pur şi simplu, nu ştiu. Ce s-a întâmplat după ce am plecat de la muncă? Nimeni nu mi-a spus nimic !

-Nu-mi spune mie că nu ştii despre ce vorbesc că te concediez pe loc fără să mai aştept să te întorci la New York ! s-a răstit la mine.

-Domnule, dacă aveţi să-mi reproşati ceva, atunci spuneţi clar ce, dar nu continuaţi să-mi vorbiţi de parcă aş ştii despre ce e vorba, pentru că efectiv nu ştiu, i-am replicat furioasă de-acum.

Nu mai eram adormită, dar nici odihnită nu eram şi mă simţeam cumplit de nedreptăţită. Nu mai suportam continuarea acestui joc de-a ghicitul, dacă era un joc. Voiam să mi se spună clar, de-a dreptul, despre ce era vorba ca să pot face lumină în această discuţie aberantă.

-Dacă vrei să joci acest joc, nici o problemă, îl putem juca, spuse el sarcastic. Ţi-ai închipuit că nu mi se va raporta comportamentul tău?

-Care comportament, domnule? am întrebat cu inima cât un purice.

-Am aflat despre obiceiul tău de a hărțui sexual toți bărbații din firmă și asta se pare că ai făcut în mod constant! Despre asta vorbesc ! a urlat el la mine, pierzându-se cu firea. Cum ai putut crede că-și vor ține gura, în special după ce l-ai concediat pe unul dintre ei pentru că nu a răspuns avansurilor tale?

-Despre cine vorbiți? am întrebat, simțind în același timp picături reci de transpirație curgându-mi pe spate și pe frunte.

Acum știam cum arată în realitate un coșmar. Părea halucinant că totul se termina astfel, dar eram prea șocată ca să pot reacționa cum ar fi trebuit.

-Despre Philippe vorbesc, desigur. M-a sunat azi de dimineață să-mi spună totul.

-Da ? i-am răspuns sarcastic. V-a spus și despre cum m-a atacat aseară și mi-a rupt hainele de pe mine? V-a spus și că a venit peste mine în casă și a încercat să mă violeze aseară?

-Îmi pare rău, dar nu pot să te cred. El are o martoră în ceea ce privește hărțuirea și mi s-a spus că ai amenințat-o și pe ea cu concedierea dacă nu își ține gura.

-Mda, este probabil Mireille, am spus mai calmă, acum că ce era mai rău trecuse. I-am spus într-adevăr că o voi concedia dacă nu începe să-și facă treaba cum trebuie, pentru că până acum nu a făcut absolut nimic. Deci aceasta vă e martora...

-Din păcate pentru tine, ei sunt doi și sunt foarte convingători. Îi cred, ce mai. Par sinceri amândoi și trebuie să protejez firma de orice fel de proces civil. A trebuit chiar să le ofer o mărire de salariu ca să rămână cu noi și trebuie să te rechem la New York. Nu mai pot să te las acolo. Îți acord beneficiul îndoielii și sper, că fiind aici, într-un loc familiar, vei reacționa mai puțin distrugător pentru tine și pentru companie. Sper că-ți dai seama că îți fac această concesie numai pentru că ai lucrat cu noi atâta vreme, pentru că altfel te-aș fi dat afară pe loc.

Nu am spus nimic pentru câteva clipe și am stat să analizez faptele la rece. Brusc, știam ce vreau să fac.

-Domnule Johnson, nu mă mai întorc la New York oricum și nu este necesar să mă concediați. Vă voi trimite demisia mea prin email imediat, probabil în maximum jumătate de oră. Desigur, îmi pare rău că nu știți toate datele problemei, iar reprezentanța firmei de aici chiar se va duce de râpă de acum încolo, dar aceasta nu mai este problema mea, așa că....

-Ce vei face acolo? mi-a replicat el uimit.

Nu cred că-i venea să creadă că eram decisă să arunc pe fereastră mai mult de o decadă de muncă în cadrul companiei sale.

-Voi trăi, domnule Johnson, doar voi trăi, i-am replicat rece. Vă rog să nu vă obosiți să îmi arătați nici un fel de compasiune acum, că nu are sens. Doar nu mi-ați arătat nici un fel de compasiune când v-am spus că era să fiu violată de unul din angajații dumneavoastră, așa că nu-mi mai pasă de compasiunea dumneavoastră. Cred că nu mai e nevoie să vă mai bateți capul cu mine acum, am continuat sarcastic, așa cum o merita.

-Ascultă, Meg, nu e ca și cum...

-Nu este, dar hotărârea mea este deja luată, i-am tăiat vorba. Nu e nici o problemă, domnule Johnson. Îmi pare rău doar că reprezentanța pentru care am lucrat din greu este într-o poziție atât de precară acum, dar singur ați ales, iar rezultatele se vor vedea curând. Nu e ca și cum este compania mea, așa că... Am doar o întrebare pentru dumneavoastră: vreți să păstrați această casă pentru persoana pe care o veți trimite să conducă filiala?

-Nu mai trimit pe nimeni acolo, îmi răspunse el pe un ton amar. Fie îl numesc pe Ian la conducere, fie pe Philippe, așa că nu mai am nevoie de casa aceea. Bineînțeles, va trebui să fac ceva cu contractul pe care l-am semnat, dar ....

-Aș vrea să preiau eu contractul, dacă nu este o problemă. Ați putea discuta cu agentul imobiliar și să rezolvați asta la începutul saptămânii? Așa, ca o favoare pentru toată munca pe care am facut-o pentru companie până acum mai bine de o decadă, așa cum ați menționat de altfel, i-am spus pe un ton de afaceri.

-Da, desigur, pot să aranjez, dar ai tu mijloacele s-o păstrezi? s-a mirat el de cererea mea.

-Aceasta este treaba mea, domnule Johnson, i-am răspuns mai dur decât aș fi vrut, dar după tot ce se spusese mi-era prea greu să fiu diplomată și oricum era mult prea multă răceală în mine pe moment ca să am un ton mai plăcut și să fiu plină de tact.

Se pare că și-a dat seama de schimbarea din vocea mea, pentru că a schimbat subiectul brusc:

-Luni ai timp să-ți aduni toate lucrurile personale din birou. Voi face toate anunțurile marți, în așa fel ca cel care te va înlocui să poată prelua conducerea înainte de Crăciun.

-Pentru mine nu este nici o problemă, domnule. O puteți face și mai devreme de atât. Luni la ora nouă îmi strâng toate lucrurile – nu e ca și cum am prea multe lucruri personale în birou. Nu-mi va lua nici măcar o oră, cu siguranță, așa că puteți să vă faceți anunțurile imediat după ora zece.

MEG LA RĂSCRUCE DE DRUMURI

-Nu, nu e nevoie să ne grăbim. Şi marţi e bine, spuse el conciliatoriu.

-Cum doriţi, i-am răspuns, în continuare rece. Mie mi-e tot una. Atunci, vă spun la revedere, domnule, iar în aproximativ treizeci de minute, veţi avea demisia mea în email.

-Bun! O zi bună atunci, Meg! mi-a replicat el scurt şi, în sfârşit, a închis telefonul.

Am încercat să spun şi eu ceva pe aceeaşi linie dar nu mai aveam cui, nu că mi-a părut prea rău. M-am dat jos din pat imediat. Eram trează acum şi oricum nu mai aveam timp să somnolez, dacă voiam să închei toate afacerile cu firma în jumătate de oră.

Am făcut un duş lung ca să-mi organizez gândurile şi să analizez hotărârea mea de a lăsa totul în urmă pentru a lua iar totul de la zero într-un loc nou. Păruse o decizie bună în toiul acelei discuţii – sunt impulsivă câteodată, un obicei pe care am încercat să mi-l temperez toată viaţa, dar acum mă încercau unele temeri, ceea ce nu era de mirare.

Ştiam că aveam mijloacele financiare pentru a supravieţui câteva luni, probabil cam jumătate de an, după ce aş fi plătit chiria pentru casă, dar nimic mai mult. Trebuia să găsesc ceva de făcut şi curând, dacă nu doream să vând casa din New York.

Am coborât scările şi am pregătit filtrul de cafea. Aşteptând să se fiarbă cafeaua, m-am decis să-mi deschid computerul şi să încep să-mi scriu scrisoarea de demisie.

Simţeam un oarecare regret, să fiu sinceră. Ar fi fost dificil să nu simt nimic, pentru că lucrasem pentru această companie de la începutul carierei mele, imediat după ce am ieşit din facultate. Începusem atunci un drum anevoios, mai întâi ca intern, iar apoi tot urcând scara ierarhică, treaptă cu treaptă.

Întreaga mea viață de adult, ori cel puțin cea mai mare parte a ei, nu cunoscusem altceva în afara muncii mele în cadrul firmei. I-am oferit cei mai buni ani ai mei, așa că mă simțeam trădată și, de ce nu, înșelată în final, pentru că de fapt tipul cel rău a câștigat și cu un simplu gest a șters efectiv toate rezultatele muncii mele, tot ce pusesem eu în această slujbă, zile și nopți de muncă pe care nimeni nu mi le mai putea da înapoi acum. Nedreptatea îmi lăsase un gust amar care cu siguranță mă va urmări pentru multă vreme.

Zgomotul făcut de filtrul de cafea m-a făcut să mă întorc la lumea reală și ridicând ochii de pe ecranul computerului, unde nu scrisesem decât un rând, l-am văzut pe Ian, care venise jos și eu nici măcar nu-i auzisem pașii pe scară, așa adâncită în gânduri cum eram. Ian se rezema de cadrul ușii, cu brațele încrucișate peste piept și mă privea gânditor. Ochii lui cenușii aveau o lumină enigmatică, aceeași mereu, care întotdeauna reușea să stârnească fluturii care se găseau pe undeva în stomac. Evident, și acum am simțit o căldură ciudată invadându-mi obrajii.

Nu-i puteam desluși gândurile și mai mult decât atât, limbajul trupului său era atât de confuz că mă simțeam ca prinsă într-o situație cu care nu eram familiară și nu știam ce ar trebui să fac sau să spun.

Ne-am privit îndelung câteva clipe, iar apoi Ian a venit la mine, neluându-și ochii de pe mine nici măcar o secundă, prinvidu-mă intens, și făcându-mă să mă simt ca singura femeie din lume care conta pentru el. M-a tras în picioare spre el destul de brusc, iar apoi m-a ținut strâns în brațele lui ca și cum nu ar fi vrut să-mi mai dea drumul niciodată, iar acest gest atât de simplu mi-a dat senzaţia că în sfârşit am ajuns acasă după un drum ce părea că nu se mai termină.

Nu ştiam dacă a auzit conversaţia pe care o avusesem mai devreme, părea imposibil, dar se pare că intuia că ceva nu era în regulă cu mine şi m-am simţit uşurată că nu a fost necesar să-i spun eu că simţeam nevoia să mă ţină în braţe. Niciodată nu am fost capabilă să cer nimic, dar mai ales să cer cuiva să mă consoleze. Niciodată nu am reuşit să găsesc cuvintele necesare pentru a cere cuiva să-mi ofere comfort. Mă învăţasem să mă bazez doar pe mine, dar se părea că acum mă puteam sprijini şi de altcineva şi schimbarea aceasta mă bucura.

M-a ţinut tăcut în braţe minute în şir, rezemându-şi fruntea de creştetul capului meu, în tăcere. Abia după o vreme mi-a spus blând:

-Îţi pregătesc o ceaşcă de cafea, cred că ai nevoie după cât de puţin ai dormit în noaptea asta. Fă-te comfortabilă între timp, Meg.

Mi-ar fi plăcut să mă tolănesc pe canapea şi să aştept să-mi aducă ceaşca de cafea. Nu cred că mi-a servit cineva cafeaua dimineaţa până acum sau s-a întâmplat atât de departe în trcut că nu-mi mai amintesc. Mi-ar fi plăcut să savurez gestul, dar, din păcate, trebuia să-mi termin scrisoarea de demisie şi să o trimit pentru că mă apropiam de termenul final.

Am decis să scriu o scrisoare scurtă, cât mai scurtă, la obiect, şi să folosesc cel mai neutru ton posibil. Nu ar fi avut rost să întru în detalii sau să exprim regret sau dezamăgiri.

ROWENA DAWN

Când am trimis-o, am simțit ca și cum viața mi se scurgea printre degete, toți anii aceia petrecuți în ședințe ce păreau interminabile sau căutând să închei cea mai profitabilă afacere ca să am cea mai bună performanță.

CAPITOLUL 11

Un capitol al vieții mele s-a încheiat atunci când am apăsat SEND. Pot să mărturisesc că mi-a tremurat degetul pe mouse când am apăsat butonul.

M-am cuprins în brațe ca să amortizez cumva șocul revelației că un lung episod al vieții mele s-a terminat, iar apoi am închis ochii pentru că lumina zorilor îmi rănea retina și-mi picura o durere difuză în inimă. Simțeam lacrimi adunându-se sub pleoape, dar am refuzat să le las să cadă.

Am deschis ochii numai când mirosul cafelei a devenit atât de puternic încât mi-era clar că o ceașcă de cafea era ținută chiar sub nasul meu. Puteam simți aburii gâdilându-mi nările.

Mă cam tulbura felul în care Ian mergea fără a face nici cel mai mic zgomot și am deschis gura să spun ceva referitor la aceasta, dar am închis-o aproape imediat. Nu cred că-i poți reproșa cuiva că are un mers de pisică dacă nu își folosește această abilite ca să-ți facă rau, iar până acum Ian demonstrase tocmai opusul. A fost alături de mine în momentele cele mai grele ale vieții mele și poate dacă nu ar fi fost el, nu aș fi găsit puterea să merg mai departe.

I-am zâmbit și am luat cafeaua din mâna lui. Am sorbit din lichidul aromatic și fierbinte, pe care Ian îl îndulcise exact pe gustul meu. Se pare că a ținut minte cum îmi place cafeaua pentru că pusese cantitatea perfectă de zahăr și lapte. M-am simțit un pic mai bine, ca și cum eram eu însămi din nou. Se pare că mă întorceam la normal.

-Poți să-mi spui ce s-a întâmplat în dimineața asta? m-a întrebat el conducându-mă spre canapea.

L-am privit câteva clipe, am mai sorbit un pic de cafea şi mi-am aprins una din cele patru ţigări pe care le fumez pe zi, apoi, i-am povestit despre apelul care mă trezise în dimineaţa aceea şi tot ce se întâmplase după aceea.

-Ştiam că aşa va fi, spuse el amar, strângând furios pumnii. Ţi-am spus să chemi poliţia, Meg, dar tu te gândeai numai la reputaţia companiei. Sper că eşti mulţumită acum că firma ţi-a arătat şi ţie aceeaşi consideraţie.

-Ştiu că am greşit şi că tu ai avut dreptate, Ian. Nu cred că este cazul să mai răsuceşti şi tu cuţitul în rană acum....

-Îmi pare rau, dacă ţi s-a părut că asta fac, m-a întrerupt el. Nu asta era intenţia mea, puiule. Oricum, ce a fost a fost, nu mai putem întoarce ceasul înapoi, aşa că mai bine ne concentrăm pe viitor. Deci ce ai de gând să faci acum?

-Mi-am trimis deja demisia prin email, i-am răspuns şi l-am văzut încruntându-se. Nu mai puteam lucra acolo, Ian, m-am repezit să-i spun. Şi mai mult de-atât, mi se ceruse să mă întorc la New York şi, pe moment, nu cred că mă mai aşteaptă nimic acolo. Nimic bun. Aici, cel puţin, pot încerca să-mi clădesc o nouă viaţă... şi poate aş putea clădi o relaţie cu tine... evident, dacă doreşti şi tu acelaşi lucru, indiferent cât de scurtă ţi-o doreşti....

-Nu foarte scurtă, iubita mea! Nu foarte scurtă! zise el luându-mi mâna şi sărutându-mi-o. Ştii ce, hai să luăm micul dejun mai întâi – sunt genul de bărbat care are nevoie de un mic dejun uriaş dimineaţa, nu pot funcţiona fără aşa ceva. Mi-e teamă însă că trebuie să ieşim pentru că am terminat deja tot ce aveai în frigider aseară.

MEG LA RĂSCRUCE DE DRUMURI

Am izbucnit în râs deși șiam că vorbește serios, dar în același timp, numai faptul că putea vorbi despre ceva atât de obișnuit în toiul unei astfel de conversații m-a făcut să mă simt liberă și relaxată, de parcă orice povară a dispărut.

Și-a ridicat o sprânceană interogativ, dar nu a spus nimic, deși a continuat să mă privească părăsind camera să mă îmbrac, încă râzând. Îi puteam simți privirile pe mine.

Fusesem extrem de nervoasă și încordată și totul trebuia să iasă la suprafață într-un fel sau altul. A râde nu părea o idee prea proastă.

Îmbrăcându-mă pentru vremea de-afară – începuse să ningă și se părea că bătea și vântul, gândurile mele începură să colinde de capul lor.

Eram conștientă că alesesem o nouă răscruce de drum, necunoscută și chiar înspăimântătoare, dacă stăteam să mă gândesc profund, dar era posibil să se dovedească foarte satisfăcătoare până la urmă. Urmasem un drum drept până acum câteva luni și mă simțisem prinsă într-o cursă, într-o lume care nu mi se mai potrivea și care nu îmi mai placea defel, nu-mi mai aducea nici o satisfacție. Totul devenise doar o corvoadă, și munca și necesitatea de a interacționa cu anumiți oameni...

Brusc mi-am dat seama că alegând un nou drum la o răscruce te poate ajuta să simți că viața are un sens nou, că te poți împlini, că poți să simți din nou entuziasm pentru ceva.

Coborând scările, l-am văzut pe Ian în ușă, cu haina deja în mână, iar privirea din ochii lui îmi spunea mult mai mult decât mi-a spus orice altceva în ultima vreme. Am simțit ca și cum el reprezenta viitorul meu – nesigur, era adevărat, poate furtunos, și aceasta era adevărat, considrând temperamentele noastre, dar totodată era ceva real, solid într-un fel, plin de promisiunea unor noi începuturi.

Închizând ușa în spatele nostru, am simțit ca și cum lăsam în urmă trecutul meu plictisitor și o porneam pe o nouă cale, care se deschidea larg în fața mea, plină de promisiuni. Poate eram desuetă în gândire, dar pe moment nu-mi mai păsa de așa ceva. Petrecusem destul timp să stau în pas cu vremurile și cerințele. Era momentul să divaghez un pic.

CAPITOLUL 12

Ian m-a luat de mână şi m-a tras după el, ocolind maşina pe care şi-o lăsase pe aleea mea cu o seară înainte.

-Nu luăm maşina? l-am întrebat.

-Nu acum. Poate mai târziu. Ştiu precis că se află o mică cafenea chiar după colţ şi acolo putem lua micul dejun. Ştiu din proprie experienţă că au nişte cornuri fantastice şi servesc şi o omletă cu de toate şi chiar cârnăciori dacă vrei. Patiseria lor e delicioasă. Am avut ocazia să gust nişte croissante fantastice la ei. Ţi se topesc pur şi simplu în gură, o să vezi. Imediat lângă cafenea sunt câteva mici magazine de cartier de unde ne putem aproviziona pentru azi şi mâine. Mă mir că nu ştii mai multe despre ce se află în vecinătate, se miră Ian.

-Nu am prea avut timp să vizitez cartierul. În general, când am avut nevoie de ceva, m-am uitat on-line după un supermarket sau după un magazin de profil, i-am spus ridicând din umeri.

-Da, prea multă muncă şi prea puţină joacă! Am văzut cam cum obişnuieşti să-ţi petreci zilele, pisicuţă şi crede-mă, ai nevoie de o schimbare. Vezi, de asta ai nevoie, să mai ieşi din ritmul ăsta infernal în care te-ai complăcut atâta vreme.

I-am zâmbit cam fără chef, dar ştiam că are dreptate şi că ar trebui să încep să mă relaxez un pic. Avusesem deja o perioadă foarte tensionată şi se resimţea. Muşchii de la gât şi de la umeri îmi erau atât de încordaţi, încât durerea erau un companion constant. Ar fi fost o idee excelentă dacă Ian s-ar fi oferit să-mi facă un masaj. Sunt convinsă că mâinile lui puteau crea o adevărată magie.

-Evident, dacă vrei, diseară putem ieşi la un restaurant şi eventual putem merge la un film...Ian spuse punându-şi braţul în jurul umerilor mei şi trăgându-mă mai aproape de el.

-Dar dacă aş vrea să stăm acasă, să pregătim din nou cina împreună şi eventual să ne uităm la unul din filmele cu care cineva m-a aprovizionat cu atâta generozitate? am întrebat eu pe un ton jucăuş.

-Şi mai bine aşa, mi-a răspuns Ian zâmbindu-mi. Este exact ce mi-ar place cel mai mult. Meg, vreau să petrecem cât mai mult timp împreună, să îţi dau timp să mă cunoşti... Eu ştiu tot ce este important în ceea ce te priveşte, restul va veni în timp. Niciodată nu poţi ştii totul despre cineva, dar altfel ar fi totul monoton, nu-i aşa? Nu ar mai fi nici un fel de surpriză, nimic nou de descoperit... Dar vreau ca tu să fii sigură...

Mi-am ridicat ochii spre chipul lui, l-am privit câteva momente în tăcere, iar apoi am spus:

-Ştiu ce vreau, iar ce avem între noi doi pare perfect. Este exact ce vreau... Ian, ar trebui să ştii că am aranjat să se facă transferul contractului de închiriere pe numele meu ca să pot rămâne aici, în această casă. Mi-ar plăcea dacă ai petrece mai mult timp cu mine...

-Nici o problemă, râse el. Este exact ce am în plan, mai spuse el strângându-mă lângă el mai bine.

AM COMANDAT UN MIC dejun copios la tejghea, iar apoi ne-am retras la o măsuţă într-un colţ mai ferit pe care a ales-o Ian. M-am bucurat de alegerea lui, pentru că voiam să putem vorbi între noi fără a ne teme de curiozitatea celor din jur.

MEG LA RĂSCRUCE DE DRUMURI

-Am primit și eu un apel de la domnul Johnson, când te-ai dus să te îmbraci, Ian spuse luându-mi mâna și privindu-mă deschis cu afecțiune, după ce ne-am așezat la masă.

Am simțit o mică împunsătură în inimă, dar mi-am spus că nu mai contează, totul este în trecut, s-a dus. Nu trebuia să mai îmi fac sânge rău.

-Ce a vrut să-ți spună? l-am întrebat ușor, temându-mă de răspunsul său.

Ian mi-a mângâiat mâna ușor, mi-a strâns degetele afectuous, apoi mi-a întors mâna cu palma în sus și mi-a sărutat centrul palmei.

-Voia să îmi ofere poziția ta. Evident, a început conversația cu scuzele de rigoare pentru ce am avut de suferit din cauza ta. A fost chiar interesant să aud ce avea de spus.

M-am încruntat furioasă. Mă durea profund că minciunile spuse de Philippe au prins rădăcini.

-Nu te încrunta, pisicuță, nu are sens. Oricum i-am spus ce am avut de spus. I-am explicat ce cred eu despre comportamentul tău pe toată perioada cât ai fost aici, iar apoi i-am spus că nu numai că nu pot accepta poziția oferită, dar nici nu concep să mai lucrez pentru o firmă care răsplătește munca grea și dedicația cu acuzații nefondate, cum au făcut cu tine. Nici măcar nu au luat în calcul să verifice mai întâi dacă ce a spus gunoiul ăla de Philippe este real și abia apoi să arunce cu noroi.

Spre final, Ian se încinsese de-a binelea. Era furios și avea o expresie crâncenă. Se pare că nu este un om pe care să-l superi dacă nu vrei să afli de ce e în stare.

-Și ce a spus la toate astea?

-A fost extreme de surprins şi a spus că trebuie să re-evalueze situaţia. I-am spus că poate să facă ce vrea, dar pe mine să nu mai conteze după ce te-a tratat în felul în care a făcut-o, fără să ia în considerare că era cât pe ce să fii violată, fără să se gândească măcar o clipă la tot prin ce ai trecut..., mai spuse Ian, iar apoi mi-a atins obrazul drept care se umflase şi pe care se întinsese deja o vânătaie oribilă.

-Mi-am prezentat demisia telefonic, iar apoi i-am trimis şi un email scurt pentru a fi acoperit complet... Ştii ce, pisicuţă? Cred că te va căuta din nou, probabil să-şi prezinte scuzele de rigoare, ori poate ca să-ţi dea postul înapoi...

-Poate să sune, nu mă mai interesează să lucrez pentru companie, Ian.

Ian m-a privit îndelung, părând că dorea să se asigure că spun adevărul, iar apoi m-a întrebat:

-Ce părere ai avea despre a lucra împreună cu mine? Ştiu că se spune că nu e bine ca un cuplu să lucreze împreună dar... sincer nu cred că ar fi o problemă, cel puţin pentru mine... Nu spune nimic acum, doar gândeşte-te. Desigur, îmi dau seama că există şi posibilitatea ca tu să vrei să lucrezi în cu totul alt domeniu sau să iei o vancaţă prelungită... adevărul e că nu ţi-ar strica, zic eu.

L-am privit câteva clipe fără să spun nimic. Nu aveam nimic împotrivă să lucrez cu el, ştiam ce fel de om este şi nu mi-era teamă de controverse, mai ales că mă convinsesem că, în general, aborda problemele de serviciu cu un calm desăvârşit şi ar fi creat astfel un echilibru perfect, complimentând personalitatea mea. Cu toate acestea, mă trăgea aţa să încerc altceva, ceva la care mă gândisem când şi când de-a lungul anilor şi mereu puneam ideea deoparte ca fiind nerealistă.

MEG LA RĂSCRUCE DE DRUMURI

-Știi, de multă vreme mi-am tot dorit să încerc ceva și nu am avut nici timpul, dar nici curajul s-o fac...

-Ce ai vrea să faci? Ian m-a întrebat, luându-mi mâna din nou în palma sa mare.

Se pare că dorește să fie în contact cu mine tot timpul, iar asta nu numai că mă flatează, dar chiar îmi place. M-am uitat la mâinile noastre unite, a mea pierdută complet în palma sa, și mi s-a părut că într-adevăr totul era în sfârșit așa cum trebuia. Aici trebuia să mă aflu, alături de acest bărbat, care până acum a reușit să-mi arate că nu mă aflu pe locul doi în viața sa, ceva ce nimeni nu-mi demonstrase vreodată.

-Poate o să râzi de mine... am început eu ezitant și m-am oprit.

Ian izbucni în râs și-mi spuse strângându-mi degetele ușor:

-Cred că singura chestie care m-ar putea face să râd de tine ar fi dacă mi-ai spune că te-ai decis să încerci să joci baschet profesionist, nu de alta, dar la cât de micuță ești, nu ai nici o șansă. Orice altceva, pisicuță, după părerea mea, cred că ai avea șanse de reușită. Ai destulă voință, inteligența necesară și viziunea de care ai nevoie ca să reușești în orice.

-Așteaptă întâi să mă auzi, i-am spus și i-am plesnit mâna în joacă.

-Bine, te ascult, ce ai de gând să faci?

Nu am apucat să mai spun nimic pentru că sosise chelnerița cu mâncarea și mi-am desprins mâna de a lui ca să-i facem loc să pună farfuriile și ceștile pe masă.

Abia după ce a plecat, m-am aplecat ușor în față, parcă temându-mă că m-ar putea auzi careva, și i-am spus conspirativ lui Ian:

-Întotdeauna am vrut să scriu cărţi pentru copii, cu poveşti fantastice sau cu legende...

Ian a rămas gânditor câteva clipe, iar apoi m-a întrebat:

-Bun, şi ce te împiedică să o faci acum? Cred că poţi să îţi iei un pic de timp liber, cel puţin, să scrii prima carte, iar apoi, om vedea noi ce va fi. Nu e ca şi cum trebuie să te apuci de lucru din nou de luni. Dacă este să clădim o relaţie, atunci înţeleg să te poţi baza pe mine pentru o perioadă cel puţin, deşi eu am în minte ceva pe termen lung.

-Ah, nu este asta o problemă. Mă descurc financiar, nici o grijă. În principiu, cam şase luni sunt acoperită, chiar dacă nu câştig nici un ban şi nici nu intru în portofoliul meu de investiţii ca să vând din acţiuni. Şi cred că în şase luni, o să ştiu cum stă treaba, dacă iese ceva sau nu.

L-am cercetat cu privirea să văd ce părere are, dar la fel ca atunci când discutam afaceri, nu puteam citi nimic pe chipul lui. Are talentul de a oferi oponentului un chip complet lipsit de expresie.

-Eu spun s-o faci, zise el în final. Că te susţii singură financiar, că mă laşi pe mine să te ajut, pentru mine este tot acelaşi lucru, deşi cred că aş fi preferat să ştiu că ai suficientă încredere în mine ca să te susţin.

-Dar am, nu asta era problema aici. Mi-ar place însă să reuşesc prin forţe proprii, ştii. Oricum, dacă eşti atât de decis să mergem mai departe cu ceea ce este între noi doi, poţi să te muţi cu mine, iar atunci ar fi ca şi cum ai contribui şi tu la întreţinerea mea.

-Diplomatică, mda, cam ca întotdeauna. Dar nu mă duci tu pe mine, Meg.

MEG LA RĂSCRUCE DE DRUMURI

-Ce vrei să spui? Nu vrei să locuiești cu mine? Nici o problemă! Îmi pare rău dacă am înțeles greșit, Ian, m-am răstit la el.

Eram total confuză și nu mi se părea prea cinstit din partea lui. Până acum tot spunea că vrea o relație permanentă cu mine, iar când i-am oferit metaforic cheile de la apartamentul meu, pur și simplu s-a întors cu o sută optzeci de grade.

-Stai calm, pisicuță! Nu sări la concluzii așa rapid. Spuneam numai că mi-ai aruncat un oscior acolo să nu mă simt neglijat, că de fapt nu ai nici cea mai mică intenție să mă lași să contribui la întreținerea ta. Nu am spus sub nici o formă că nu vreau să locuiesc cu tine. Este ce-mi doresc cel mai mult, în fond... Va trebui să văd ce fac cu apartamentul pe care l-am închiriat, dar nu-mi fac probleme. Sunt destui care vor să-l închirieze, așa că pot rezolva în câteva zile... Bineînțeles, mi-ar plăcea dacă am începe să locuim împreună de-acuma, spuse Ian și începu să mănânce cu poftă, de parcă totul era deja finalizat și nu mai era necesar să discutăm asupra subiectului.

Era o plăcere să-l vezi mâncând. Părea să nu depună nici cel mai mic efort, dar mâncarea dispărea din farfurie vertiginos. Mai straniu era unde se ducea, pentru că deși este un munte de om, nu poți spune că este gras.

Ian m-a văzut privindu-l fără să mănânc și eu și s-a uitat întrebător la mine, sprânceana lui ridicându-se interogativ, un gest care îi dă o alură aparte. Am zâmbit și am mușcat dintr-un croissant cu unt pentru a-i arăta că nu voi lăsa mâncarea de izbeliște.

-Știi la ce mă gândesc? Ian mă întrebă între două îmbucături.

I-am copiat mişcarea cu sprânceana şi l-a pufnit râsul, efectiv împroşcându-mă cu cafeaua din care tocmai sorbea. A sărit repede să ia şerveţele să mă cureţe:

-Îmi pare rău, Meg. Nu mă mai fă să râd când beau ceva! spuse el tamponându-mă pe faţă cu şerveţelul.

Din păcate zelul său era mult mai mult decât putea să suporte obrazul meu rănit şi am exclamat:

-Au, doare!

Am văzut cum lumina jucăuşă din ochii lui s-a transformat într-o lucire metalică. Se pare că-i adusesem aminte de cele întâmplate cu o seară înainte şi era tocmai ceea ce nu-mi doream. Voiam să uite complet şi să putem să ne simţim bine împreună fără ca fantoma atacului de-o seară înainte să fie între noi. I-am atins dosul mâinii şi am spus încet:

-Ştii că nu e vina ta, nu-i aşa? Hai, să nu ne mai gândim la asta. Sunt convinsă că putem să găsim ceva mai interesant de discutat sau de făcut.

Ian a dat din cap afirmativ, deşi un pic cam ezitant, iar apoi şi-a întrepătruns degetele cu ale mele şi a rămas gânditor, privind mâinile noastre împreunate.

-Ştiu că asta este întrebarea pe care o urăşte toată lumea, Ian, dar trebuie să o pun. La ce te gândeşti?

Ian şi-a ridicat privirea spre mine. Un zâmbet îi răsări pe buze pentru ca apoi să-i cuprindă şi ochii. Mă trase de mână jucăuş, iar apoi îmi spuse:

-Se pare că am reuşit să îmi fac loc în casa ta. Mă întreb dacă mi-am câştigat şi locul în dormitorul tău sau va trebui să mă mulţumesc cu aceeaşi camera şi pentru diseară.

MEG LA RĂSCRUCE DE DRUMURI

Întrebarea lui m-a prins neprăgătită. Nu mersesem atât de departe cu gândurile, dar nici nu mi se păruse că ar trebui să mă gândesc la asta. Dacă îl invitasem să locuiască cu mine, subconştientul meu deja acceptase ideea de a împărţi şi patul împreună.

Nu i-am putut răspunde cu voce tare, dar am dat scurt din cap, exprimându-mi acordul muţeşte. Am simţit în acelaşi timp că obrajii mi-erau în flăcări, iar apoi mi-am dat seama că observase şi el, iar acum mustăcea la mine amuzat. L-am plesnit uşor peste mână - mă simţeam prea stânjenită ca să-l admonestez verbal.

Ian a râs cu poftă, iar apoi mi-a atins vârful nasului în joacă.

-Cred că ţi-e clar că acum abia aştept să ajungem acasă. Şi a merge la cumpărături mi se pare o pierdere de vreme, mi-a spus el.

Am simţit că m-am înroşit şi mai rău, dar în acelaşi timp, o căldură ciudată mi s-a răspândit peste tot în corp, iar fluturii din stomac s-au trezit la viaţă. Doar de dragul de a mă opune ideii lui, iar aceasta numai pentru că doream să am timp să îmi revin la normal, i-am spus:

-Nu, întâi cumpărăturile şi apoi mergem acasă. Nu vreau ca mai tarziu să te topeşti pur şi simplu pentru că nu ai cu ce să-ţi refaci energia.

Abia când i-am văzut uimirea din ochi şi când după o clipă a izbucnit într-un râs puternic, mi-am dat seama ce se putea înţelege din ce am spus şi nu am găsit că mai aveam altceva de făcut decât să-mi acopăr ochii de jenă. Gestul meu l-a făcut să râdă şi mai tare şi mi-am descoperit privirea ca să mă uit urât la el. Atunci am descoperit că toţi clienţii din cafenea se întorseseră spre noi.

-Chiar este atât de amuzant? l-am întrebat printre dinţi.

-Calm, pisicuţă, spuse el, nu e nevoie să-ţi scoţi gheruţele. Ai fost tare nostimă, aşa că era normal să râd, dar te asigur că nu râdeam de tine. Trebuie să admiţi însă că dublul înţeles a ceea ce ai spus era ilar, încercă el să mă convingă.

Era amuzant, într-adevăr şi am izbucnit şi eu în râs, ceea ce l-a bucurat nespus.

-Hai să plătim şi să mergem, spuse el. Simt că nu mai am răbdare să terminăm cumpărăturile alea o dată. Cred că-ţi dai seama că ai jucat un rol important în fanteziile mele în ultima vreme, continuă el făcând un semn în direcţia generală a chelneriţei, pentru că în fapt mă privea cu ochi flămânzi.

Privirea aceea mă puse efectiv pe jar şi îmi părea rău acum că insistasem să mergem întîi la cumpărături. Sunt convinsă că nu am fi murit de foame dacă mai aşteptam câteva ore. Promisiunile pe care le citeam pe chipul lui Ian erau mai mult decât puteam suporta, şi simţeam furnicături pe piele. Aşteptarea devenise de nesuportat.

Ian scoase banii să plătească când chelneriţa s-a apropiat cu nota de plată, iar eu eram gata să mă ridic şi să îmi pun haina pe mine. Exact când eram gata să spun că putem în sfârşit ieşi şi începe cursa contra cronometru ca să putem să ne întoarcem în comfortul casei male unde puteam să facem ceva ca să-mi liniştesc acei fluturi din stomac care deveniseră extrem de activi, îmi sună telefonul pe care-l lăsasem în buzunarul de la palton.

Ian mă privi circumspect, iar eu am ridicat din umeri, scoţând telefonul şi privind ecranul.

-Domnul Johnson, i-am spus scurt, ca răspuns la întrebarea din ochii lui.

-Nu răspunzi?

MEG LA RĂSCRUCE DE DRUMURI

-Sincer, nu știu dacă ar mai avea sens, i-am spus eu, oscilând între nevoia de a auzi ce avea de spus fostul meu șef și dorința de a nu-i mai auzi glasul niciodată.

-Poate e mai bine să auzi ce are de spus, Ian mă sfătui.

Am ezitat câteva momente, dar apoi am considerat că are dreptate și am răspuns.

-Alo, Meg la telefon.

-Mă bucur că mi-ai răspuns la apel, Meg, spuse domnul Johnson. Trebuie neapărat să-mi cer scuze pentru felul inadmisibil în care ți-am vorbit mai devreme. Aveai dreptate, nu aveam toate amănuntele și m-am bazat pe vorbele a doi indivizi de care mă voi ocupa eu de azi înainte.

Nu am știut ce să-i răspund. Mă simțeam ușurată că acum știa adevărul și că nu păstra acea impresie oribilă despre mine, dar în același timp mi se părea dificil să trec peste lucrurile pe care mi le-a spus.

-Ești acolo, Meg? întrebă el văzând că nu îi dau nici un răspuns.

-Da, domnule Johnson, sunt încă aici. Mă bucur că ați aflat adevărul în final și că nu mă mai considerați o femme fatale care a ruinat compania cu comportamentul său de femeie ușoară, i-am răspuns pe un ton tăios.

Câteva clipe a fost tăcere pe linie, iar apoi i-am auzit glasul:

-Cred că merit să aud astfel de cuvinte, Meg. Ar fi trebuit să-mi ascult rațiunea care îmi spunea insistent că un om, pe care-l cunoști de mai bine de zece ani, nu se poate schimba complet peste noapte. Știu că ești extrem de supărată și, probabil, foarte rănită, dar aș vrea să reconsideri demisia pe care mi-ai trimis-o și să rămâi la conducerea filialei din Paris.

Evident, vei avea o creştere în salariu, iar bonusul tău pe anul în curs va fi cu douăzeci la sută mai mare decât a fost decis anterior.

Nu am răspuns, ci l-am privit pe Ian. Mi-am dat seama după faţa lui că a înţeles ce mi se oferea, dar nu încerca să mă împingă spre o decizie specifică, ci m-a lăsat pe mine să decid. Am apreciat încrederea lui în mine, faptul că ştia că puteam lua cea mai bună decizie.

Am înţeles mai mult ca oricând că Ian era chintesenţa viitorului meu şi că viitorul meu trebuia să se desprindă complet de trecut. Trebuia să-mi ofer şansa de a realiza tot ce îmi doream, iar ce îmi doream era Ian şi o direcţie în viaţă complet diferită de ce am avut până atunci. Abia atunci m-aş fi simţit împlinită.

-Vă apreciez oferta, domnule Johnson, dar decizia mea rămâne aceeaşi. Iar aceasta nu numai pentru că ar însemna ca de acum încolo să fiu mereu cu frica în sân când iau o decizie care vizează vre-unul din angajaţi, ştiind că este posibil ca acel angajat să vă contacteze cu o poveste aberantă pe care o veţi crede imediat. Nu acesta e singurul meu motiv. Vreau ca de acum încolo să fiu eu cea care decide evoluţia carierei mele. Deci, nu, nu vă pot accepta oferta, iar demisia mea rămâne valabilă.

Ian mi-a luat mâna, mi-a strâns degetele tare, atât de tare că aproape m-a durut, iar apoi s-a aplecat spre mine şi m-a sărutat uşor pe buze. Pot să spun că toate fanteziile mele despre gura aceea atât de bine sculptată, nu-i făcuseră dreptate. Ce simţeam în realitate era mult mai intens, mult mai bun, iar el nu făcuse decât să-şi atingă buzele de ale mele. Un sărut adevărat mi-ar fi scurt-circuitat mintea complet, cu siguranţă.

MEG LA RĂSCRUCE DE DRUMURI

-Meg, sunt convins că acum ești mult prea necăjită și rănită să gândești clar, am auzit glasul domnului Johnson, ca venind de undeva de departe. Poate ar fi mai bine să te gândești o zi, două, Meg, și apoi să-mi dai răspunsul tău final, continuă el.

-Nu este necesar, domnule Johnson, răspunsul meu nu se va schimba defel nici mâine, nici peste o lună. Mai bine vă spun asta de-acum ca să aveți timp să vă găsiți un om competent pentru conducerea firmei și să nu vă faceți iluzii că m-aș întoarce.

L-am auzit scrâșnind din dinți de furie, dar nu a spus nimic câteva secunde.

-Bine, spuse el în final. Văd că trebuie să îți accept hotărârea. Poți măcar să rămâi la conducere până după Anul Nou? Să avem timp să găsim pe cineva?

M-am gândit câteva clipe și eram tentată să spun nu, dar el continua grăbit ca să nu-mi dea timp să refuz:

-Desigur, asta înseamnă că îți voi da dublul salariului pentru următoarele săptămâni și vei obține și un bonus mărit, încercă el să mă convingă.

Era tentant, mai ales că știam că acel bonus m-ar fi ajutat să trăiesc comfortabil pentru ceva vreme. L-am privit pe Ian, dar am văzut că păstra un chip neutru ca și cum nu ar fi vrut să mă influențeze nicicum.

-Bine, am spus eu, voi sta la conducere până după Anul Nou, dar nu mai mult. Indiferent de reușita de a găsi sau nu un înlocuitor, eu nu mai rămân, demisia mea rămâne aceeași, doar data se va schimba. Și desigur, aș vrea ca acel bonus să fie transferat în contul meu luni dimineață.

-Înțeleg că nu mai ai încredere în mine, spuse șeful meu cu tristețe.

-Ar fi absurd să mai am, nu credeți? Doar mi-ați arătat clar azi dimineață că vă puteți schimba opinia de la o clipă la alta, am răspuns rece.

Nu mi-a răspuns imediat, părea că se gândește. Într-un final spuse:

-Voi avea grijă de transfer acum. Luni vei avea banii în cont, atât banii de bonus cât și totalul salariului care ar trebui să-ți fie plătit până la cinci ianuarie. Dar rămâi în funcție până la cinci ianuarie, Meg, specifică el.

-Nici o problem, domnule Johnson. Până acum, eu întotdeauna am făcut ce am spus, nu v-am dat motive de îndoială, i-am spus cinic, știind că se va simți vizat.

-Mda, așa e, mormăi el. Bun, rămâne deci așa. Poate reușești să-l convingi pe irlandez să stea până la începutul anului ca să avem timp să găsim un înlocuitor și pentru el... Luni ai banii în cont, iar tu continui afacerile până pe cinci ianuarie. Vorbim săptămâna viitoare, atunci, încheie el conversația și, ca de obicei, închise telefonul fără să mai îmi dea timp să spun ceva.

Ian mă privea întrebător pentru că se pare că m-am uitat brusc la el când am auzit că ar trebui să-l conving să stea până la începutul anului. I-am susținut privirea câteva clipe, apoi mi-am făcut de lucru cu cordonul de la palton pentru a câștiga timp.

-Ce a mai vrut de la tine? Văd că e ceva ce eviți să-mi spui, mă întrebă Ian, ridicându-mi capul cu un deget sub bărbia mea.

-Nu prea multe, am răspuns ezitând. Vrea să lucrez până pe cinci ianuarie ca să aibă timp să găsească pe cineva și....

-Și ce?

-Și vrea să te conving să stai în firmă măcar până atunci ca să poată găsi pe cineva să-ți ia locul.

-Aha, spuse el. Şi cum ai de gând să mă convingi? Mai întrebă el pe un ton glumeţ.

-Nu ştiu, poate să te întreb dacă vrei să stai...

-Hmmm, nu prezinţi prea multă convingere, glumi el de-a binelea şi luminiţe jucăuşe îi apărură în ochi. Cred că trebuie să găseşti ceva cu care să mă convingi. Nu sunt aşa uşor de urnit.

-Da? Şi dacă te rog eu frumos? am întrebat şi mi-am fluturat genele la el cam cum făceau divele de prin anii şaizeci.

A izbucnit în râs, m-a prins într-o îmbrăţişare de urs de mi-am pierdut respiraţia, iar apoi a spus:

-Consideră-mă convins!

L-am bătut pe braţ să-i dau de înţeles că vreau să-mi dea drumul, dar când am văzut că nu pricepe, i-am dat un ghiont mai puternic şi i-am spus gâtuit:

-Nu pot respira!

Alarmat, mi-a dat drumul brusc şi m-a întrebat înfrigurat:

-Eşti bine? Nu mi-am dat seama...

-Nici o problemă, i-am spus după ce am respirat adânc. Atâta doar că se pare că nu ştii exact ce putere ai.

-Imi pare rău, puiule. Voi încerca să-mi aduc aminte de acum încolo. Dar eşti bine acum, da?

Am dat din cap şi mi-am pus mănuşile. Apoi i-am dat mâna şi am părăsit cafeneaua cu paşi grăbiţi. Amândoi vroiam să terminăm mai repede cu cumpărăturile ca să ne putem întoarce acasă.

CAPITOLUL 13

Nici nu am pus bine sacoşele pe masa din bucătărie, că Ian m-a şi tras spre el şi mi-a luat gura într-un sărut care mi-a şters aproape totul din minte. M-am prins de el ca să nu îmi pierd echilibrul şi tot aveam senzaţia că mă topesc complet. Era ca şi cum mă aflam undeva în mijlocul unui uragan. Toate simţurile mi se treziseră la viaţă şi nu mai puteam distinge între o senzaţie sau alta.

Ian s-a oprit, mi-a sărutat buzele din nou uşor, apoi mi-a sărutat vârful nasului şi m-a strâns la piept.

-Ai prea multe haine pe tine, îmi şopti el în ureche, iar respiraţia lui fierbinte m-a făcut să mă cutremur.

Părea prea mult în acelaşi timp. În general, mintea reuşea să îmi colinde pe alte cărări, dar de data aceasta, eram complet pierdută în el. Senzaţiile mă copleşeau din toate părţile, bombardându-mi sistemul fără milă, lăsându-mă complet în voia lui.

-Hai, să scoatem paltoanele şi să mergem sus. Ne putem ocupa de restul apoi.

Cuvintele lui au avut darul de a mă întoarce la realitate şi am aruncat o privire spre pungile de pe masă.

-Mi-e teamă că sunt câteva chestii acolo care ar trebui puse în frigider cât mai repede, i-am spus, întorcându-mă spre el.

-Pisicuţa mea cea practică, a mormăit el, scoându-şi paltonul şi aruncându-l pe unul din scaune. Ştii ce, mă ocup eu de astea, tu fă-te comodă că vin imediat. Nu o să-mi ia mai mult de câteva clipe.

MEG LA RĂSCRUCE DE DRUMURI

Am ezitat câteva momente, dar m-a trecut un fior amintindu-mi de ce trezise în mine cu un singur sărut, așa că i-am luat paltonul de pe scaun, m-am întors spre hol să-l las în debara împreună cu al meu. După aceea m-am dus sus în dormitor, unde m-am descălțat, mi-am scos puloverul și pantalonii.

Pe moment am rămas indecisă în mijlocul camerei. Nu știam ce ar mai fi trebuit să fac. Nu eram sigură dacă se aștepta să scot toate hainele de pe mine sau nu, dar nu mă simțeam comfortabil să-l aștept fără nimic pe mine. Încă mai deliberam ce ar trebui să fac, când l-am auzit urcând scările și pur și simplu am înghețat. Acum chiar nu mai știam ce să fac.

Ian a apărut în cadrul ușii și s-a uitat la mine temeinic, privirea trecându-i leneș peste tot. Rămăsesem doar în chiloți și sutien și am fost foarte încântată că alesesem un set mai sexi în acea dimineață.

Cu pașii săi elastici de pisică, veni spre mine, îmi luă obrazul în căușul palmei, se uită adânc în ochii mei, apoi își aplecă capul și buzele lui se opriră la o fracțiune de secundă de ale mele. Puteam să-i simt fierbințeala buzelor și ușoara respirație. Ezitant, am pus mâna pe brațul lui, transând conturul brațului său, urcând ușor spre umăr, îngropându-mi degetele în mușchii care se flexau sub atingerea mea. Când am ajuns la gât, l-am mângâiat ușor, apoi l-am tras spre mine, dornică să-i simt textura buzelor din nou.

Ian a râs ușor, dar apoi orice amuzament a dispărut. M-a tras aproape sălbatec spre el cu brațul drept, iar palma sa stângă mi-a aplecat capul ca să-și poată potrivi gura pe mine mai bine. Mi-a gustat fiecare buză în parte, cu un sens de urgență care mă făcea să amețesc. I-am simțit dinții mușcându-mi buza de jos, iar apoi i-am simţit limba mângâind acelaşi loc, cu tandreţe, pentru a alunga usturimea muşcăturii. I-am simţit limba alunecând peste a mea, duelându-se apoi cu ea, răpindu-mi orice gând coerent.

I-am simţit palma alunecându-mi spre gât, mângâindu-mă şi trimiţând mii de senzaţii acute care se făceau simţite în partea de jos a corpului meu. Am tras adânc aer în piept şi am inhalat mirosul său de mosc, care mi-a amintit cât de bine i se potrivea chipul acela colţuros cu pieptul său lat. Inconştient, mi-am frecat sânii de pieptul lui, şi am auzit ceva ca un mârâit. M-am uitat în sus la el şi am văzut că ochii săi îşi pierduseră acel calm care-i era caracteristic. Bărbatul civilizat dispăruse, iar acum eram ţinută în braţe de un bărbat care capitulase total în faţa părţii sale primitive.

M-am tras uşor înapoi, iar apoi degetele mele au început să-i desfacă nasturii de la cămaşă. Nu mi-am luat privirea de pe ochii lui nici măcar o secundă şi puteam să văd cum pupilele i se închid tot mai mult la culoare.

Nici nu reuşisem să desfac jumătate din nasturi, când Ian, nerăbdător, mi-a luat degetele de pe cămaşa sa, le-a sărutat scurt, apoi şi-a smuls cămaşa peste cap şi a aruncat-o la podea fără să-i pese unde ateriza. Se uită fix in ochii mei, poate pentru a vedea reacţia mea la pieptul său care părea pur şi simplu sculptat cu dalta, ori poate pentru a vedea dacă eram la fel de pierdută în ceea ce se întâmpla între noi doi.

Mi-am dat seama că-şi scosese ghetele deja numai când l-am văzut cu mâna pe fermoarul pantalonilor pe care îl smuci în jos într-o mişcare bruscă. Apoi, îşi scoase în acelaşi timp pantalonii şi chiloţii, rămânând mândru în faţa mea.

MEG LA RĂSCRUCE DE DRUMURI

M-a lăsat să îl privesc câteva clipe, apoi s-a apropiat de mine, m-a tras spre el, iar gura lui a găsit acel spațiu dintre umăr și gât care mă făcea să mă topesc efectiv. Când mi-a zgâriat pielea sensibilă cu dinții, am simțit că mă încing. Efectiv pulsam. Simțeam pulsațiile în sânii care mi se umflaseră. Sfârcurile erau tari și dureroase și cerșeau o atenție care întârzia să apară. Simțeam pulsațiile și mai jos, însoțite de umezeala care începuse să-mi penetreze bikinii.

Vâltoarea senzațiilor m-a cutremurat. Dacă numai cu atât a reușit să mă aprindă atât de tare, mi-era teamă că mă va consuma total până la urmă.

Ian își plimbă buzele pe marginea obrazului meu, iar apoi continuă spre ureche, unde îmi mușcă lobul, pe care apoi îl alintă cu vârful limbii sale. Își continuă explorarea în spatele urechii, iar în același timp am simțit palma sa mare cuprinzându-mi sânul, masându-l ușor, prizându-mi apoi sfârcul între degete și rotindu-l. Nu m-am mai putut abține și un geamăt ușor îmi ieși de pe buze. Ochii mi se închiseseră pentru câteva clipe, dar i-am deschis din nou când am simțit umezeala limbii sale trasând marginea sutienului, pătrunzând ușor pe sub sutien pentru a-mi tachina pielea sensibilă dintre sâni. Apoi gura sa a coborât și mi-a prins unul din sfârcuri în gură, și prin dantela sutienului l-a supt, făcându-l să se întărească mai mult, și mai mult, până l-am simțit tare ca o piatră, prea umflat ca să mai încapă în piele. Era dureros, dar era o durere plăcută, care făcea ca pulsațiile și vibrațiile pe care le simțeam în partea de jos a corpului meu să se multiplice, să devină o adevărată tortură. Tot corpul meu cerșea împlinirea.

Ian îmi desfăcu sutienul şi-l lăsă să cadă la podea, iar apoi pur şi simplu se ospătă când la un sân când la altul, alternând fără nici un fel de regulă, ţinându-mă mereu pe marginea prăpastiei. Puteam să discern numai că din când în când îmi lingea mugurul întărit al sânului, alteori îl sugea, şi de câteva ori i-am simţit dinţii muşcând uşor, de fiecare dată însă alinând orice durere, mângâindu-mă tandru cu limba.

Corpul meu vibra sub mâinile şi gura sa şi nu mai vroiam decât să-l simt în întregime, să-l simt înăuntrul meu, să pot trece dincolo de acel prag pe care mă ţinea suspendată. Mi-am înfipt degetele în părul lui şi am smucit uşor, iar el îşi ridică ochii la mine, privirea lui intensă facându-mă să mă cutremur. Apoi îmi zâmbi obraznic, lăsându-mă să înţeleg că încă nu terminase şi mai avea nevoie să se desfete cu mine, înainte de a trece mai departe. Ţinând ochii larg deschişi aţintiţi pe mine, suflă uşor pe vârful întărit al sânului drept şi când mă simţi tremurând din nou, zâmbi victorios, iar apoi îl înconjură cu limba, trăgându-l mai adânc în gură şi supse cu putere. A trebuit să mă prind de el pentru că brusc nu mă mai ţineau picioarele. Tremuram ca o frunză şi toate terminaţiile nervoase de pe pielea mea s-au trezit la viaţă şi simţeam ca şi cum urma să mă desfac în bucăţi.

Mai alină mugurele erect cu limba sa încă dată, apoi se mută la celălalt sân pentru a începe tortura din nou. Degetele îmi tremurau şi abia reuşeam să mă ţin de el. Tot corpul mi-era străbătut de scântei şi sistemul meu era complet scurt-circuitat.

După o vreme, în care nu mai vedeam nimic altceva decât el şi nu mai simţeam nimic decât mâinile şi gura lui pe sânii mei, palma sa a alunecat spre talia mea, urmată de buzele lui care depuneau sărutări umede şi fierbinţi din loc în loc. Ici colea se oprea pentru a-mi încerca pielea cu dinţii, de fiecare dată trimiţând un mic şoc electric prin trupul meu.

Aproape că nu mai existam dincolo de senzaţii. Totul era concentrat în acele mici descărcări electrice, iar lumea mea atârna numai de palmele lui mari şi bătătorite care îmi trasau contururile trupului şi de buzele acelea de care am fost fascinată din primul moment.

Am simţit vârful limbii lui în zona buricului şi am tresărit, fâcându-l să râdă uşor, iar apoi palmele sale mi-au cuprins şoldurile şi m-au tras spre el mai mult, şi am simţit fierbinţeala buzelor sale prin dantela bikinilor. Chiar prin material puteam simţi fierbinţeala respiraţiei sale şi de fiecare data când îşi freca obrazul neras de mine, mă treceau fiorii.

Ştiam că acum îmi putea simţi pasiunea şi chiar l-am auzit inhalând puternic de câteva ori. Nu puteam vedea, dar îmi puteam imagina ce făcea şi imaginea făcu dorinţa să devină mai tensionată, mai acută.

După o vreme ce păru o mică eternitate, degetele lui pătrunseră în betelia bikinilor şi îi trase în jos, înnebunitor de încet. Acum era deja în genunchi în faţa mea, ca să poată avea acces mai uşor la zona dorită. Fiecare centimetru descolit era cercetat de buzele sale. I-am simţit dinţii zgâriindu-mi pielea de pe şold, iar apoi i-am simţit limba fierbinte alinând ca întotdeauna.

Mai apoi nu am mai fost sigură de nimic. Gura lui era peste tot, degetele sale cereau capitulare necondiţionată, iar limba lui descoperi toate secretele mele.

Pasiunea mea creştea cu fiecare secundă, cu fiecare mângâiere. Simţeam nevoia de mai mult, iar Ian nu m-a dezamăgit. Felul în care făcea dragoste cu mine, cu buzele şi cu degetele sale, aţâţa şi isca focuri în sângele meu. Simţeam tensiunea crescând, devenind mai puternică, iar pielea mă furnica, atât de saturată de senzaţii era.

Am simţit cum bikinii alunecau în jos, dureros de încet, iar Ian încerca să descopere mai mult, să memorize forma picioarelor mele, a posteriorului meu, dosul genunchilor. Nimic nu era lăsat uitării, fiecare milimetru era pur şi simplu adulat.

Nu mai puteam, tensiunea era un ghem atât de strâns încât mă aflam aproape de explozie. Mi-a venit efectiv să strig de bucurie când Ian s-a ridicat, în sfârşit, m-a luat în braţe şi m-a dus spre pat, unde m-a întins cu grijă.

Momentul în care i-am simţit trupul întinzându-se peste mine, a fost o adevărată binecuvântare. Când l-am simţit intrând în mine, devenind una cu mine, pur şi simplu am explodat, fiind deja la limită.

Ian s-a oprit un moment, apoi s-a rezemat într-un cot, iar mâna lui dreaptă şi-a început din nou tortura. Gura lui mi-a luat-o pe a mea în stăpânire şi a făcut dragoste cu mine, limba lui dansând peste a mea, duelându-se cu a mea, mângâind fiecare colţişor al gurii mele. Apoi a coborât spre gât, unde a început să mă muşte uşor, să sugă fiecare loc pe care dinţii săi îl găseau ca ofrandă. Palma lui îmi mângâia sânul, degetele lui jucându-se cu mugurul umflat, răsucindu-l, uneori mai blând, alteori mai necruţător.

MEG LA RĂSCRUCE DE DRUMURI

Nu eram capabilă să articulez cuvinte, ci doar sunete. Ian din când în când râdea uşor, uneori pur şi simplu mârâia, iar sunetul acela gutural făcea ca dorinţa să-mi crească înzecit.

Când gura lui a ajuns din nou pe celălalt sân, am decis că e prea mult. Simţeam că dacă nu se mişcă, nu mă aduce la împlinire în acel moment, voi muri din cauza tensiunii. Mi-am mişcat şoldurile sugestiv şi l-am simţit crescând mai mult înăuntrul meu, ceea ce m-a excitat şi mai mult.

-Te rog, am reuşit să şoptesc, iar el şi-a ridicat capul de la sânul meu, m-a privit şi şi-a flexat şoldurile.

O senzaţie la fel de puternică precum un current electric m-a străbătut din cap până în picioare. Am simţit-o în sânii care s-au umflat dureros, în abdomenul care tremura, în centrul feminităţii care pulsa puternic, şi chiar şi în degetele de la picioare care au tresărit spasmodic.

Apoi a început să facă dragoste cu mine, alternând mişcările şoldurilor cu sărutari prelungi ale buzelor mele, iar mai apoi, când mişcările lui au devenit mai puternice şi mai rapide, buzele lui mi-au găsit sfârcul stâng. Ian a început să-l sugă în acelaşi ritm cu ritmul susţinut al dragostei lui. Nu am mai rezistat, am strigat efectiv, iar ghemul acela de tensiune pe care l-am avut înlăntrul meu vreme îndelungată pur şi simplu se descolăci şi am simţit că explodez într-o miriadă de culori.

Ian m-a urmat curând, prăbuşindu-se peste mine, gemând, iar greutatea lui mi s-a părut un comfort în plus. M-a privit intens, m-a sărutat temeinic, iar apoi s-a rostogolit pe o parte, luându-mă cu el, strângându-mă la pieptul lui ca şi cum nu ar mai fi vrut să mă lase să plec.

Am stat câteva clipe în tăcere, înlănțuiți, încercând să ne recăpătăm respirația, Ian mângâindu-mi spatele cu o tandrețe pe care nu o ghicisem în el. Mă simțeam mulțumită, chiar fericită. Parcă eram într-o bulă surprinzătoare de fericire. Nu mai simțisem niciodată ceva atât de intens, atât de catarsic.

-Nu mi-a fost de-ajuns, am auzit glasul lui Ian de deasupra mea.

Mi-am ridicat capul de pe pieptul lui și l-am privit. Avea ochii pe jumătate acoperiți, iar fruntea îi lucea de transpirație. Barba nerasă îi dădea un aer primejdios, dar atingerea tandră de pe spatele meu mă asigura că alături de el nu aveam a mă teme de absolut nimic.

-Nu a fost de-ajuns, a repetat el. Cred că nici dacă fac dragoste cu tine de nenumărate ori tot nu va fi de-ajuns.

M-am întins și i-am atins buzele cu degetele mai întâi, ca pentru a-i memora forma, iar apoi l-am sărutat ușor, dar el mi-a cuprins capul în palmă și m-a sărutat de parcă ar fi fost ultima oară când avea ocazia să o facă. Când mi-a dat drumul, eram amețită și buzele mă furnicau. Mi-am pus capul înapoi pe pieptul lui și nu cred că au trecut prea multe secunde că am adormit.

CAPITOLUL 14

Când m-am trezit era deja seară, trecuse deja de şase. Capul meu se odihnea încă pe pieptul lui Ian care se ridica ritmic, semn că încă dormea. Încet, să nu-l trezesc, m-am dat jos din pat şi m-am dus să fac un duş, iar apoi am îmbrăcat iar o rochie de vară şi am coborât să pregătesc cina.

Am marinat nişte piept de pui şi tocmai pregăteam legumele, când am auzit bătând la uşa de la intrare. Mi s-a părut ciudat că a venit cineva în vizită, într-o sâmbătă după-masă, dar m-am dus să deschid.

Când am deschis uşa, în faţa uşii se afla Philippe, care se pare că de data aceasta nu mai băuse. Nu am apucat să întreb ce doreşte pentru că m-a împins cu forţa înăuntru, a închis uşa după el şi apoi mi-a tras o directă în bărbie de m-a trimis la podea.

Câteva clipe a rămas în picioare deasupra mea, privindu-mă cu o rezoluţie crâncenă, după care a spus:

-Mi-ai distrus orice fel de şansă, pentru totdeauna. Nimeni nu mă va mai angaja acum, aşa că nu-mi rămâne decât să mă asigur că plăteşti şi tu.

Am clipit confuză, dar nu am avut timp să fac nimic, pentru că Philippe era deja deasupra mea, cu mâinile în jurul grumazului meu şi a început să strângă. M-am zbătut şi i-am zgâriat obrajii, l-am lovit cu picioarele, dar nu am reuşit să scap sub nici o formă. Simţeam că mi se înceţoşează mintea, iar puterile mă părăseau şi cu groază m-am gândit că nu e posibil să se termine totul atât de stupid.

Mi-am pierdut cunoştinţa pe măsură ce aerul a devenit din ce în ce mai puţin. Când mi-am revenit, Ian mă ţinea în braţe, şi mă legăna, din când în când sărutându-mă.

-Haide, iubito, trebuie să-ţi revi, şoptea el fervent.

Am deschis ochii şi pentru câteva clipe ne-am uitat unul la celălalt, iar apoi Ian m-a sărutat îndelung, strângându-mă la pieptul lui cu pasiune.

-Philippe? Am întrebat eu după ce mi-am revenit mai mult.

Ian mi-a indicat cu o mişcare abruptă a capului unde să mă uit, iar când am urmat direcţia pe care mi-a dat-o, l-am văzut pe Philippe pe jos, cu mâinile legate. Se pare că Ian îl bătuse bine, pentru că unul din ochi i se umflase deja, iar gura îi sângera. Era totuşi conştient şi acum puteam să-l aud înjurând oribil.

-Am chemat poliţia, ca să ştii. Trebuie să sosească. De data aceasta, nu îmi pasă ce spui, idiotul a încercat să te omoare.

-Cum de te-ai trezit? l-am întrebat.

-Mă trezisem deja, dar eram în duş când a venit. Nu ai auzit duşul curgând?

Am dat din cap că nu. Încăperile erau destul de bine isolate aşa că nu se auzea duşul din bucătărie.

-Ei bine, am auzit comoţia abia când am ieşit din baie. Poate ar fi bine dacă te-ai duce sus şi mi-ai aduce ceva să pun pe mine înainte să ajungă poliţia aici, spuse Ian.

Atunci mi-am dat seama că Ian era dezbrăcat, iar părul îi era încă ud. M-a lăsat uşor jos şi când a văzut că mă pot ţine pe picioare, mi-a dat drumul.

Din fericire, poliţia a ajuns abia după ce i-am dus hainele de sus şi a avut timp să-şi tragă pantalonii.

MEG LA RĂSCRUCE DE DRUMURI

Evident, au urmat multe întrebări şi explicaţii, dar până la urmă Philippe a fost arestat, poliţia a plecat, iar Ian m-a luat din nou în braţe, m-a culcuşit la pieptul lui şi mi-a spus, sărutându-mă tandru:

-Credeam că nu mai pleacă o dată, să pot să te am numai pentru mine.

M-a ţinut aşa minute în şir, sărutându-mă şi şoptindu-mi cuvinte pe care nici nu le înţelegeam, iar apoi m-a întrebat:

-De ce-ai plecat din pat?

Am ridicat ochii spre el şi i-am răspuns:

-Am vrut să pregătesc cina. Noroc că nu am apucat s-o pun la cuptor că ar fi fost arsă până acum.

-Da, asta era problema, râse el, fără pic de veselie. Voi pregăti eu cina acum, iar tu te vei odihni la masa din bucătărie, stând frumos jos, cu un pahar de whiskey, să-ţi revii.

-Mi-am revenit, Ian, pot găti.

-Nu, pisicuţă, ai timp să găteşti altă dată. Acum am eu grijă de tine. Eşti sigură că nu e nevoie să mergem la spital?

-Da, sunt sigură. Voi avea probabil nişte vânătăi oribile pe gât şi mă va mai durea o vreme, mai ales când vorbesc, se pare, dar cred că totul va fi bine.

Ian scutură din cap ca şi cum nu-i venea să creadă ce se întâmplase, iar apoi se apucă să gătească puiul pe care îl pusesem la marinat mai devreme.

EPILOG

După șase luni

-Ian, nu o să-ți vină să crezi, am strigat eu de fericire și am fugit spre bucătărie, unde Ian pregătea micul dejun, ca în fiecare dimineață.

Ian a lăsat spatula din mână pe marginea tigăii și veni spre mine, mă luă în brațe și mă sărută. Mă sărută la fel în fiecare dimineață, dar de fiecare dată pasiunea lui mă pune pe jar.

Mi-a fost teamă la început că această pasiune se va stinge ușor și va deveni o simplă rutină, dar se pare că temerile mi-au fost neîntemeiate. Dragostea lui pentru mine nu a scăzut în intensitate. Pot să simt că în fiecare zi mai crește un pic. Ne este foarte greu să fim despărțiti toată ziua, iar seara când se întoarce acasă, încercăm mereu să recuperăm timpul pierdut. Weekendurile le petrecem mai ales în pat, unde Ian îmi arată mereu ceva nou.

-Te-ai pierdut în gânduri, Meg. Parcă voiai să-mi spui ceva, pisicuță.

Am râs când mi-am dat seama că uitasem complet de ce venisem val-vârtej în bucătărie.

-Ah, da, am spus eu. Mi-a venit scrisoarea de la editura aceea din New York. Mi-au oferit un contract, uite aici! I-am dat eu plicul, iar Ian nerăbdător îl deschise.

Am așteptat cu nerăbdare să citească scrisoarea, apoi contractul. Ian este foarte meticulous când vine vorba de așa ceva.

-Fantastic, Meg! Este un contract foarte bun. Știam eu că reușești!

Ian râse și mă luă pe sus învârtindu-mă de bucurie.

MEG LA RĂSCRUCE DE DRUMURI

-Trebuie să celebrăm, asta este clar, spuse el după ce mă puse în sfârșit jos. Uite cum facem, tu îi suni pe ăstia la editură să le spui că accepți până termin eu micul dejun...

-Ian, l-am întrerupt eu, este noapte la New York. Va trebui să mai aștept câteva ore...

-Ah, da, mi-a zburat din minte, spuse el trosnindu-și palma peste frunte. Desigur, trebuie să îi suni mai târziu. Oricum, luăm micul dejun, apoi trag o fugă până la birou să îmi amân toate întrunirile de după-amiază, iar apoi mergem să celebrăm. Iei un taxi și vii în oraș, aranjez eu totul, mai spuse el, scoțând omleta cu ciuperci pe farfurii și punând tigaia în chiuvetă.

-Putem celebra și diseară, nu trebuie să îți strici programul pentru asta...

-Fii serioasă, iubito! Când e vorba de ceva important, programul nu mai contează. Clienții mei pot supraviețui și fără mine pentru o zi. Va veni o vreme când vor trebui să supraviețuiască și mai mult de o zi.

Ian veni, îmi luă capul în mâini, mă sărută temeinic, iar apoi, fără a-și îndepărta buzele de ale mele, îmi șopti:

-Tu ești cea mai importantă în viața mea, restul nu mai contează, Meg. Dacă este să aleg între tine și munca mea, te voi alege mereu pe tine. Chiar dacă este să rămân fără nici un client, vom putea trăi destul de bine, nu-mi fac griji, ai înțeles?

L-am sărutat și apoi l-am asigurat că înțeleg care îi sunt prioritățile.

După un mic dejun plin de râsete și planuri, Ian a plecat la birou, iar eu am semnat contractul, l-am scanat și l-am trimis conform instrucțiunilor prin email, urmând să trimit originalul prin poștă ulterior.

Trepidam de nerăbdare să mă întâlnesc cu Ian. De fiecare dată când ne întâlneam, mă simțeam extraordinar, nu numai din cauză că era mereu imaginativ și avea mereu grijă să nu intrăm într-o rutină care ne-ar fi plictisit, dar și pentru că știam că aveam toată atenția lui, comunicam cu adevărat și mereu mă punea pe mine pe primul loc.

În jur de ora unsprezece, am auzit soneria și când am deschis am văzut un tânăr cu un coș imens cu frezii în mână și o cutie de ciocolată elvețiană. Am semnat de primire, iar apoi m-am uitat pe felicitare și am zâmbit. Ian scrisese cu scrisul lui îndrăzneț: *Fie ca fiecare zi din viața ta să îți aducă tot atât de multă bucurie ca și astăzi, pisicuța mea! Al tău, pentru totdeauna, Ian!*

Mi-am îngropat capul în frezii și am respirat adânc. Sunt pur și simplu înnebunită după mirosul freziilor. Mă mir că Ian și-a amintit pentru că am menționat acest lucru o singură dată, când ne plimbam în cartierul St.-Germain și am văzut frezii plantate în fața unei case.

M-am bucurat că nu era de față să vadă cum mi-au dat lacrimile. Nu sunt o persoană extrem de emotivă, dar acest bărbat reușește să-mi stârnească cele mai acute emoții.

ÎN SFÂRȘIT PE LA AMIAZĂ am primit un text de la Ian informându-mă că mi-a comandat o mașină la unu și jumătate care urma să mă ducă la locul întâlnirii.

MEG LA RĂSCRUCE DE DRUMURI

La unu şi jumătate am ieşit din casă, iar în faţă mă aştepta într-adevăr o maşină care m-a condus la biroul lui Ian, care de fapt aştepta deja în faţa clădirii pe scări. A sărit imediat, mi-a deschis uşa, a salutat şoferul, iar apoi m-a condus la maşina lui.

-Propun să luăm dejunul mai întâi, pentru că apoi trebuie să facem câteva cumpărături, spuse Ian deschizându-mi portiera şi ajutându-mă să intru în maşina sa.

-Desigur, am planificat o seară mai deosebită, dar din păcate nu pot spune absolut nimic pe moment, este o surpriză.

-Chiar nimic? am întrebat eu după ce a luat loc pe locul şoferului.

-Nimic, altfel nu ar mai fi o supriză, nu-i aşa? Ian spuse zâmbind, iar apoi, după cum îi era obiceiul, îmi luă degetele şi mi le sărută unul câte unul.

-Bine, am spus eu, atunci aştept, deşi cred că ştii că nu stau prea bine la capitolul răbdare.

Ian râse, mă sărută apăsat pe buze, iar apoi porni maşina ca să mergem să luăm prânzul.

Am petrecut aproape două ore într-un han de la periferia Parisului, care nu se putea lăuda cu prea mult lux, dar se lăuda cu o atmosferă deosebită şi mâncare savuroasă. Am discutat contractul pe care l-am obţinut, vacanţa pe care Ian se gândea să o petrecem în Grecia, nimicuri care ne făceau să ne simţim bine şi pur şi simplu, nu ne-am dat seama când a trecut timpul.

Ne-am plimbat apoi pe la marginea pădurii pentru o vreme şi ne-am odihnit pe o buturugă, cu braţele lui Ian în jurul meu, nesimţind nevoia să vorbim, ci doar să fim împreună.

Abia după ora cinci ne-am întors în Paris şi Ian a oprit maşina pe strada Tronchet la magazinul de lenjerie Etam. M-am uitat la el surprinsă, dar mi-a zâmbit cu zâmbetul pe care-l poartă când e pus pe şotii.

M-a condus în magazin şi m-a rugat să aleg câteva piese de lenjerie, printre care şi o cămaşă de noapte care sa-l surprindă. M-am uitat la el cam ciudat, dar am ales câteva seturi e lenjerie în trei nuanţe diferite şi o cămaşă de noapte de mătase albă, care era susţinută de două breteluţe subţiri pe umeri, se oprea la jumătatea pulpei şi avea o despicătură pe partea dreaptă.

Nici nu am îndrăznit să mă uit la preţuri. Ştiam prestigiul magazinului şi mă gândeam deja cu groază la bugetul meu. Mă liniştea gândul că în treizeci de zile voi primi avansul de la editură care urma să acopere toate cheltuielile pentru aproape un an.

Se pare că mi-am făcut griji degeaba, pentru că Ian a insistat să plătească tot. Nu eram prea comfortabilă cu decizia sa, dar ştiu cât de încăpăţânat este şi nu doream o discuţie în contradictoriu în faţa celor din magazine. În timp ce ieşeam din magazine, Ian mi-a sărutat creştetul capului şi mi-a şoptit:

-Vezi, acesta este unul din lucrurile care-mi plac cel mai mult la tine. Eşti foarte deşteaptă şi ştii să-ţi alegi bătăliile.

-Să nu crezi că o să-ţi meargă întotdeauna, Ian, i-am spus eu, împugându-l cu un cot în coaste.

Ian a râs şi mi-a sărutat mâna, iar apoi m-a condus la maşină.

-Mai avem o oprire de făcut, dar nu e nevoie să cobori, spuse el.

MEG LA RĂSCRUCE DE DRUMURI

Am făcut o scurtă escală în faţa unui magazin micuţ care etala eşarfe, şaluri şi pălării. Ian a intrat şi a ieşit după câteva minute cu un pachet mic. A ezitat câteva clipe, apoi a traversat strada sub ochii mei uimiţi şi a intrat într-o drogherie, unde a petrecut aproape zece minute şi a ieşit şi de acolo cu o pungă.

-Cred ca avem tot ce ne trebuie, spuse el consultându-şi ceasul. Exact la timp. Trebuie să ne grăbim un pic să ajungem înapoi la mine la birou.

-De ce?

-De-aia, răspunse el, jucăuş.

-Ăsta nu e un răspuns, i-am ripostat eu.

-Nu e, dar atâta pot spune pe moment.

Văzându-i încăpăţânarea de pe chip nu am mai insistat pentru că ştiam că era inutil. Oricum urma să aflu în curând ce a planificat.

A condus cât a putut de repede la birou unde şi-a parcat maşina în locul obişnuit, apoi a adunat pungile, m-a luat de mână şi m-a condus în faţa clădirii, unde se pare că eram deja aşteptaţi de un şofer în livrea, care ne-a salutat respectuos şi a deschis uşa din spate de la autoturism.

M-am uitat întrebător la Ian, dar el mi-a făcut cu ochiul şi apoi m-a îndemnat să intru în maşină. Imediat ce amândoi am fost aşezaţi pe bancheta din spate, şoferul închise uşa şi se urcă la volan pornind maşina.

Am aşteptat ca Ian să spună ceva, dar el se mulţumea să mă ţină de mână şi să fluiere uşor ca pentru sine. Am abandonat orice dorinţă de a-i pune întrebări şi am încercat să ghicesc unde mergeam după traseul străbătut. Mi-am dat seama că ne îndreptam spre Sena, spre unul din punctele unde văzusem iahturi ancorate. Mi-am aruncat privirea spre Ian, dar el îmi zâmbi din nou, fără să divulge absolut nimic.

Ne-am oprit în dreptul unui iaht mic, privat. Şoferul ne-a deschis portierele, iar un bărbat coborî de pe iaht în întâmpinarea noastră, ne salută cu deferenţă, iar apoi ne conduse pe punte, unde o masă pentru doi fusese deja aranjată. În partea cealaltă a punţii, un cvartet era deja pregătit să înceapă să cânte. Ian îi dădu pungile unui steward, care coborî sub punte cu ele, iar apoi mă conduse la masa unde mă ajută să iau loc, iar apoi se aşeză în faţa mea.

După ce am luat loc, Ian a vrut să spună ceva, dar un alt steward apăru cu o sticlă pe care i-o prezentă lui Ian. După ce Ian a aprobat alegerea făcută, ne turnă câte un pahar de şampanie, iar apoi ne lăsă singuri.

Se pare că acesta a fost semnalul aşteptat de către orchestra, pentru că începură imediat să cânte una din melodiile mele favorite cântate de Joe Dassin: *Et si tu n'existais pas.*

Ian a ridicat paharul şi a spus:

-Hai, să toastăm mai întâi pentru succesul tău, de care, fie vorba între noi, nu m-am îndoit nici o clipă. Sunt sigur că vei avea multe succese în cariera pe care tocmai ai pornit şi nu-mi doresc nimic mai mult decât să mă aflu alături de tine de-a lungul întregului drum.

Mi-au dat lacrimile. Toate scuturile de apărare îmi fuseseră doborâte de atenţia pe care acest bărbat o acordase tuturor lucrurilor care contau pentru mine, indiferent de cât de mici, de eforturile lui de a-mi oferi o zi deosebită.

-Doamne, ce-am spus, pisicuţă, de te-am necăjit? s-a panicat el.

MEG LA RĂSCRUCE DE DRUMURI

Am dat din cap că nu eram necăjită, dar am avut nevoie de câteva clipe ca să pot să-mi revin și să vorbesc. Ochii lui arătau cât de îngrijorat era.

-Nu, Ian, nu sunt necăjită. Ideea este că sunt atât de fericită că nu mi-am mai putut stăpânii lacrimile. Totul este perfect, mai mult decât perfect.

Ian îmi sărută ambele mâinii, apoi spuse:

-Ce spui dacă ciocnim pentru tine acum, apoi dansăm. Uite, taman s-a lăsat asfințitul, sunt convins că ar fi fantastic să putem dansa aici, pe punte, în toiul asfințitului...

Am aprobat și am ciocnit cu el, mi-am înmuiat buzele în șampania acidulată, fără să-mi iau ochii de pe el. Știam că avea o parte romantic în el, ceea ce era un paradox, pentru că, în fond, era un bărbat de afaceri nemilos, din câte am văzut. Dar niciodată nu am intuit cât de romantic era.

M-a luat de mână și m-a condus în mijlocul punții, când am auzit melodia lui Bryan Adams, *Everything I Do, I'm Doing For You*, alta din melodiile mele favorite. Ian mă ținea strâns lângă el, și începurăm să ne mișcăm ușor în ritm cu melodia. Aproape de final, Ian îmi șopti:

-Știi că și eu fac totul doar cu tine în gând, pisicuță.

Am dat ușor din cap și m-am lipit mai mult de el, iar el mă strânse mai tare și apoi șopti din nou:

-Vreau să îmi porți numele și inelul pe deget. Vreau să aparținem unul altuia în fața tuturor, a legii, a oamenilor, a tuturor. Vrei să fii soția mea?

Brusc, picioarele mi-au refuzat să se miște. Am rămas pe loc și am ridicat privirea la el uimită. Era serios și mă privea intens. S-a desprins ușor de mine și a scos o cutie din buzunar.

Deschizând-o, a îngenunchiat în fața mea și mi-a întins-o. Cu lacrimi în ochi, nu am putut face nimic mai mult decât să întind mâna spre el să îmi pună inelul pe deget.

-Am nevoie să aud cuvintele, iubito, îmi șopti el.

Am dat din cap că înțeleg și am spus la rândul meu cu un glas tremurat:

-Da, îți voi lua numele, îți voi purta inelul, voi fi soția ta.

Mi-a pus inelul pe deget cu degete tremurânde în aplauzele personalului de pe vas – nici măcar nu remarcasem că muzica se oprise și că vreo șapte oameni se aflau pe punte martori la acest moment care depășise orice îmi imaginasem vreodată.

Mi-a sărutat apoi mâna, s-a ridicat, m-a ridicat în brațe și a început să mă învârte ca un nebun, râzând în hohote. Printre hohote și sărutări, striga:

-Acum ești a mea, pentru totdeauna. Dar pentru totdeauna.

Eram efectiv copleșită și lacrimile îmi curgeau în voie pe obraji, ceea ce mi s-a părut extrem de ciudat, pentru că în același timp râdeam și eu. Când în sfârșit s-a oprit, eram complet amețită și a trebuit să mă ducă în brațe înapoi la masă, unde a luat loc cu mine în poala sa, decretând că a lua cina astfel va fi mult, mult mai bine. Râzând, am fost de acord cu el. Cred că în acele momente, aș fi fost de acord cu aproape orice ar fi dorit.

Abia apoi mi-a spus că avem o croazieră care va dura toată noaptea și că avem întregul vas la dispoziție, iar noaptea o vom petrece în apartamentul prezidențial. Atunci am înțeles de ce a trebuit să cumpăr acea cămașă de noapte.

-Cred că ar fi mai bine dacă te-ai duce tu prima să te pregătești pentru noapte, iar apoi vin și eu, îmi șopti Ian, dansând un ultim dans cu mine.

MEG LA RĂSCRUCE DE DRUMURI

Era deja trecut de unsprezece noaptea, iar ziua fusese atât de plină de emoţii încât într-adevăr era momentul să ne retragem. Ian m-a sărutat temeinic, iar apoi un steward m-a condus sub punte la cabina noastră unde mă aşteptau pachetele cu care veniserăm la bord.

Cabina era plină de flori şi o lumină difuză îmbrăca totul într-o nuanţă romantică, dându-mi senzaţia că această zi şi noapte pline de romantism şi iubire nu se mai sfârşeau.

După ce mi-a făcut toaleta de seară, m-am îmbrăcat în cămaşa alba de noapte pe care mi-o alesesem şi l-am aşteptat pe Ian să coboare. Nu m-a făcut să aştept prea mult. Se pare că era nerăbdător chiar, după cum se auzeau paşii lui pe coridor.

A intrat, a închis uşa şi rezemat de ea m-a privit îndelung. Tot privindu-mă, şi-a scos haina, apoi cămaşa şi le-a aruncat în direcţia generală a unui fotoliu, ratând ţinta. Se pare că nu îi păsa de fel. Privirea lui nu m-a părăsit nici o clipă, nici măcar cât şi-a scos pantofii, ciorapii, pantalonii şi chiloţii.

Apoi, s-a îndreptat spre mine, m-a cuprins în braţe şi a început să-mi sărute ochii, apoi nasul, iar abia apoi a pus stăpânire pe buzele mele, în acelaşi timp mâna sa coborând peste curbura sânului meu şi mai jos, tot mai jos, până a ajuns la tivul cămăşii de noapte pe care l-a tras în sus, palma sa ajungând pe piele şi urcând extrem de încet la curbura şoldului meu din nou, în acelaşi timp, gura sa coborând pe gât, unde m-a muşcat uşor, mai jos pe marginea claviculei, pe care a zgâriat-o cu dinţii, iar apoi s-a oprit pe sânul pe care a reuşit să-l dezgolească trăgând de bretea în jos.

A început să tortureze vârful întărit al sânului, în timp ce palma sa bătătorită îmi explora în continuare curbura şoldului, alunecând mai apoi pe spatele meu. M-a tras mai aproape, s-a înfruptat mai puternic din tot ce îi puteam oferi, iar când am crezut că nu mai resist iar picioarele mi-au cedat, m-a luat în braţe, m-a sărutat din nou îndelung, iar apoi mi-a spus pe un ton grav:

-Întotdeauna vom fi aşa, pisicuţo, asta pot să-ţi promit.

Ochii lui luceau intens în lumina difuză a cabinei, parcă puteau să-mi citească cele mai intime gânduri. L-am crezut din toată inima. În fond, mereu şi mereu îmi dovedise că era un om de cuvânt.

S-a îndreptat apoi spre pat unde m-a aşezat cu grijă, ochii lui promiţând o noapte de neuitat, iar eu m-am lăsat în mâinile lui care ştiau atât de bine să-mi facă trupul să cânte cu o artă desăvârşită.

Ne-am împletit trupurile aşa cum hotărâsem deja să ne împletim vieţile pentru astăzi şi mâine şi întotdeauna.

BIOGRAFIA AUTOAREI

Rowena Dawn scrie romane de dragoste cu suspans, citeşte romane poliţiste şi se uită la filme de comedie. Îi place la nebunie să se plimbe prin pădure, dar este foarte îndrăgostită de mare.

Are o relaţie de dragoste şi ură cu scrisul romanelor sale şi îţi scoate din minţi câinele când nu se opreşte suficient de des din scris pentru a-l scoate la plimbare.

Şi da, îi place să facă prăjituri şi să coacă pâine. Aparent sunt bune – cererea nu osteneşte niciodată.

ROWENA DAWN

Cărți scrise de Rowena Dawn:
Cu Dublu Tăiș – Prima Carte din seria Jumătatea Perfectă
- eBook, paperback, (audio book – doar în limba engleză)
Meg – eBook (**Meg La Răscruce de Drumuri**), paperback,
(audio book – doar în limba engleză – *Leap of Faith*)
Trezirea Beckăi (Prima Carte din Seria Familiei Winston)
– eBook, paperback, (audio book – doar în limba engleză)
Bărbatul (Aproape) Perfect - eBook, paperback, (audio
book – doar în limba engleză)
Dilema lui Matt (Cartea a Doua din Seria Familia
Winston) – eBook, paperback

ATRAS (Cartea a treia din Seria Jumătatea Perfectă).
Salvarea lui Jay (Cartea a treia din seria Familia Winston)

MEG LA RĂSCRUCE DE DRUMURI

Pentru a afla despre viitoare lansări de carte, vă rog înscrieți-vă la newsletter pe:

www.roxananastase.com[1].

Nu vă vor fi trimise alt gen de emailuri.

---

1.   http://www.roxananastase.com

Don't miss out!

Visit the website below and you can sign up to receive emails whenever Rowena Dawn publishes a new book. There's no charge and no obligation.

https://books2read.com/r/B-A-SAED-IUDK

BOOKS 2 READ

Connecting independent readers to independent writers.

Did you love *Meg La Răscruce De Drumuri*? Then you should read *Bărbatul aproape perfect*[2] by Rowena Dawn!

Ceasul ei biologic bate secundele. Ella încearcă să își găsească perechea. Mark, însă, nu vrea să se lase prins.

Nimănui nu-i este uşor să găsească bărbatul potrivit, iar Ella nu face excepţie de la regulă. După trei ani pierduţi într-o relaţie fără iubire, Ella se decide să preia controlul vieţii ei din nou, aşa că își dă iubitul afară din casă şi porneşte la vânătoare pentru a găsi Bărbatul perfect sau aproape perfect.

Ella începe să colinde barurile cu entuziasm, pentru a găsi pe cineva cu care ar putea face casă bună, dar, până la urmă, nu află decât că iubirea și fericirea până la adânci bătrâneți nu fac parte din meniu.

Mark nu are decât un singur interes: să atragă cât mai multe femei în patul său.

Va reuși Ella să-l transforme pe Mark în Bărbatul aproape perfect sau o va lua Mark la goană când își va da seama de intențiile ei?

Bărbatul aproape perfect este un roman de dragoste contemporan despre o femeie puternică, capabilă să-și refacă viața complet.

Dacă îți place o romanță cu un pic de umor, aceasta este cartea pentru tine.

About the Publisher

It is based in Toronto and brings to public various books: poems, novels, short-stories, children's books, language study books and non-fiction. It publishes the literary review: Scarlet Leaf Review: www.scarletleafreview.com

Our mission is to help emerging authors and poets to make their works known to the public.

Contact email address: scarletleafpublishinghouse@gmail.com